新潮文庫

トリツカレ男

いしいしんじ著

新潮社版

7922

目次

トリツカレ男

画　早川純子

第1章　ジュゼッペ

ジュゼッペはみんなから「トリツカレ男」ってあだなで呼ばれている。

一度なにかにとりつかれちゃうと、もう、ほかのことにはいっさい気がむかなくって、またそのとりつかれかたが、そう、ちょっと普通じゃないんだな。

たとえばおととし、あるきもちのいい春の朝、あいつは突然オペラにとりつかれた。オペラってわかるかな、うたいながらするお芝居のことさ。ラジオでへたっぴなオペラ歌手がぼやぼやとうたうのをききながら、

「ふうん、おれのほうが、よっぽどうまいよな」

ジュゼッペは思った、その瞬間にだよ、もうはまってたね。オペラに。口にだして、

「おれーのほうが、ららら、よっぽーどー、うーまーいー」

なんてうたっちゃってたんだ。

それから毎日さ。うたいながらのんきに、表通りのレストランまで歩いてく。そこでウエイターをやってるんだな。

「やーあ、いいてんき。ふんふんふん。おや、のら、ねーこーが、ねーてるー」

立ち止まって、ばかっ広く手をひろげ、

「どーして、ねーこは、どーして、ねーこは、おお、ねーてるんだろーっ！」

猫は迷惑そうな顔でととと、と逃げてく、ちょうどそこへ、

「どうしてって、そりゃ猫にとっちゃ、寝んのが仕事だからな」

うしろからパトロールのおまわりがやってきていた。

「おいジュゼッペ、あんまりばかげた歌ばかりうたうんじゃない。猫だけじゃあない、通りじゅうのみんなから苦情がでてんだぞ」

「でも、でも、でーもね、とらら」

とあいつはこきざみに腰をふりながら、

「らら、じんせいはうた、とらら、くいものはうた、ららら、はとだってねこ

だってみんな、うた、うた、うたーなのさーっ！」

耳をおさえおまわりも逃げてく。

レストランでのジュゼッペはぱりっとした制服姿、いくら童顔で、やせっぽちの小男ってったって、ネクタイしめりゃまあちょっとした男前さ。けど、けどね、お客にしてみりゃ、たべてるその耳もとで、

「ピザはアンチョビ、とらら！　キノコにベーコン、とらら！　オリーブ、しあーげに、たあっぷりのチーズ！　うわお！」

大声でうたわれちゃたまったもんじゃない。うまそうなピザを半分残しみんな席を立っちまう。

ある晩、店じまいのあと、店のご主人から、

「ジュゼッペ、お前、このまんまじゃクビだな」

「もうしわーけ、なーいと、おもってーまーす、だんなー……」

ジュゼッペはうつむいて泣きそうな顔つきになる。歌はマイナー調さ。ご主人にだってジュゼッペに悪気がないことはわかってる。しょうがないよな、トリッ

カレ男なんだから。だからご主人はためいきをつき、しばらく休みをやるよ、その癖がなおったら店にでてきな、そういって二度三度と細い肩をたたく。ジュゼッペはこつんとうなずき、すぐさま上をみあげ涙まじりに両手をひらき、

「うたー、うたー、うたーがなーいとー、おうおうおう、いーきさえ、でーきなーい、ばかなおれー、なーんですー、おうおうおう!」

交通事故にあった友達を見舞いにいっちゃ、陽気に骨折のアリアをうたい、病院からたたきだされた。

こわもてギャングの目の前で、ばくちと銃撃戦のワルツを踊って、半殺しの目にあった。

猫にひっかかれ、カラスにはつっつかれ、膝《ひざ》がしらは犬の噛《か》みあとだらけ、って、そんな毎日だったよ。

それでもジュゼッペはうたうのをやめなかった。オペラの舞台と同じように、寝てもさめても、うたいながら暮らした。てぬきせず、枯れた声をはりあげ、そう、一心不乱にね。そのうち街のみんなも、ジュゼッペの歌に慣れはじめた。あ

ら、このこったら、まねしちゃいけません、なんて、やんわりたしなめられるこどもまでではじめたんだ。ジュゼッペのオペラはじょじょに、街の暮らしになじんでいったのさ。

ところがだ。

夏も終わりに近づいたある夕方、のんびりやのばあさん連中、それに、めしの仕度に忙しい奥さんがたさえ、あれ、なんだか様子がおかしい、って気づいたんだ。ジュゼッペの声がしない。いつものあのばかな歌が、どこからも、きこえてきやしない。そのうち気のいい肉屋のおやじが、ジュゼッペなら公園の空き地でみかけたっけなあ、ほうほう、なんていいだし、みんなそろってぞろぞろとみにいったってわけなんだ。

たしかにジュゼッペはそこにいた。ランニングと短パン姿で。とっとっと、と小走りに駆け、大股《おおまた》で足をかえ、一度、二度、三度！　左左右！　と跳びはねて、それを何度も、何度もくりかえしてる。

「おいおい」

と誰かがぼんやりつぶやいた。

「なんだか別のものがとりついたらしいよ」

おーいジュゼッペ、トリツカレ男、とみんなが声をあわせる。今度はいったいなんだい、何にとりつかれてるんだい?

ジュゼッペはタオルで汗をぬぐいぬぐい、

「あのさ、ちょっと静かにしてくんないかな、気がちるから」

といったもんだ。

「なんせ、三段跳びは、集中力のスポーツだからね」

翌日からジュゼッペは、めでたく職場に復帰した。レストランへとむかうみちみち、助走をつけて、ホップ、ステップ、ジャンプ! 巻き尺で記録をとり、軽く舌打ちしてくちびるをなめると、またもや左左右! 左左右! 三段跳びの足取りで、通りをぴょんぴょこと進んでく。通行人を器用によけながらね。ジュゼッペの三段跳びは、ジグザグに進むこともできたんだ。

知ってるかい? 三段跳びって、足を交互にだすんじゃない。きき足が右なら、右右左！　左ききだったら、左左右！　つまりジュゼッペは左ききなのさ。

「おおいジュゼッペ、たこのスパゲティ、あがってるぜ！」

コックが厨房《ちゅうぼう》から呼ぶ、すると店の出入り口につっ立ってたジュゼッペは、一歩、二歩、三歩ちょうどで厨房口まですっとんできて、スパゲティの皿をひっつかみ、こざっぱりしたばあさんがちょこなんと座ったテーブルまで、これまた、ぴょんぴょんのぴょーん！　見事に三度で跳んでいく。皿の中身をこぼすことなんて、むろん一度だってなかったさ。こいつはおもしろいってんで、どっさり見物客がおしよせてきて、店は思わぬ大繁盛《だいはんじょう》、ご主人だってほくほく顔さ。

「ところでなあ、ジュゼッペ！」

午後の休みどき、小麦粉をふるいながらご主人が叫ぶと、おもてで水をまいてたトリツカレ男は、早くも厨房んなかまで跳んできている。

「ジュゼッペ、ひとつききたいんだが、なんでまた、三段跳びなんてものにとりつかれちまったんだね」

「うーん、理由は、わかんないんですが」

とジュゼッペ。

「ただ、あの日の夕方、空き地で、ええと、その、バッタをみましてね」

「バッタ？」

「ええ。夏の終わりのバッタが必死に跳んでんのをみて、あ、おれも跳ばなきゃ、って思った。そのきもちがそのときには、なぜかぜんぜん歌にならなくって、からだが前に、前のほうに、自然に動いちゃってた。そう、いつのまにかジャンプしちゃってて、その跳ばなきゃってきもちが、三度目ちょうど、ぴったんこで、すとんと腹の底におちついたんです。季節柄もう、このあたりでバッタはみかけませんが、せめてもおれだけは、しばらく跳んでいようと思うんです」

なるほど、奇妙な話だが、とご主人はいった。お前さんのきもち、わかるような気もするなあ、せいぜい遠くまで跳びな、ジュゼッペ。あいつはにっと笑い、大きく息を吸いこむと、ホップ、ステップ、ジャンプ！　舗道にもどってホースをにぎりなおしたんだ。

日に日に、ジュゼッペの記録は伸びた。伸びまくった。

拍手のなか、厨房口から助走をつける。ホップ、でテーブルを全部跳び越し、ステップ、で大通りをむこうまで横ぎっちまう。ジャンプ、のひと跳びで、むかいのビルの三階窓へとつっこんだ。考えてもみてほしい。この広い世のなかで、朝から晩までこれほど熱心に三段跳びのことだけ考えてる、いや、実際に三段跳びをくりかえしてるやつなんて、どこ探したってほかにいるわけがないんだ。記録が伸びて当然だろうさ。陸上競技の有名なコーチにこっそり電話したやつがいてね、お忍びでピザを食いにきたそのコーチは、ジュゼッペの跳躍に文字どおり度肝を抜かれ、パイプ椅子《いす》をがたんとまうしろにけたおし、

「なんてこった！　ありゃ、世界新記録だぞ！」

毛むくじゃらのこぶしをぶるぶるとふるわせた。下くちびるから黄色いチーズがびよーんとたれてる。

競技会地区予選の日、がらがらのスタンドに街のみんなが陣取って、スカーフふったり靴鳴らしたり、てんで好き勝手に歓声をおくった。コーチにつきそわれて、ちょっぴりあがり気味なジュゼッペは軽く手をふってよこしたね。拡声マイ

クでやつの名前が呼ばれ、ピーッ！　甲高く笛が鳴った。ジュゼッペはくちびるをひとなめ、大股で助走を開始。スタンドからばらばらな手拍子。ふみ切板をけっとばし、ホップ、ステップ、ジャンプ！

嘘《うそ》じゃない、ジュゼッペは試合用の砂場を跳び越えちまったんだ。はじめての競技会を、世界記録で優勝したジュゼッペは、次の日曜、地方大会の決勝へと進んだ。一度はフライングでミスったけど、ここでも記録を更新し、だんとつの一等賞に輝いた。

「来週はいよいよ全国大会だな」

レストランに集まったみんなは、それぞれがにやつきながらジュゼッペの尻《しり》をたたきたたき、ジュゼッペはそのたんびにぺこんとうつむいた。

「おれ、帰ります。練習があるんで」

うしろ姿をみおくりながら、レストランのご主人は、誰ともなしにつぶやいたものさ。

「うーん、来週か。大丈夫かねえ」

はは、なんにも心配いらないよ旦那《だんな》。みんなは口をそろえる。だってさ、ジュゼッペの三段跳びは世界一だ、ねえコーチ、そうだろ。そうだよな。けむくじゃらのコーチは気取ってウインクし、ぐいと親指を立ててみせる。店じゅうからどわっとむさくるしい歓声がわきあがる。

でも、でもね。やっぱりご主人の心配は当たったんだな。

華やかに花火があがる全国大会の競技場、いくら待っても、競技時間をとうに過ぎても、ジュゼッペは結局姿をあらわさなかった。コーチはぶんむくれ、両手をふりまわしながら帰っちまったが、街のみんなはめいめい顔をみあわせ、しょうがないよな、とあきれたように笑った。しょうがないさ、なんせあいつ、ジュゼッペはさ、ばかげたトリツカレ男なんだから。

レストランのご主人は深々とためいきをつき、ばかといわれても、しかたないかもしれんなあ、といった。やつは別に、世界一になりたかったわけじゃない、賞金が欲しいわけでもなかった、

「ただただ、跳びたかっただけなんだよなあ、バッタみたいに」

ぞろぞろそろって帰る途中のことだ、夕暮れの街なかで、非番のおまわりが声をひそめ、おい、みんな気をつけろ、とささやいたんだ。誰かがおれたちをつけてきてる！　郵便局の角を曲がったところで、皆いっせいにふりかえる、と、トレンチコートに中折れ帽、葉巻をくわえた妙ちきりんな男がこつぜんとあらわれ、それみて拍子抜けしたコックは、

「なーんだ、ジュゼッペじゃないか」

すぐさま全員で、おーいジュゼッペ、トリツカレ男、と声をあわせた。今度はなんだい、いったい何にとりつかれてるんだい？

「しっ、静かに！」

とジュゼッペはくちびるに指をあて、

「お前さんらの前をいく、あのつるっぱげ、よこじまシャツのでぶ男。指名手配の大悪党さ。どうやら近くに手下がいるらしい。首尾よくアジトをみつけたら」

と、おまわりにむけ目くばせをして、

「電話するぜ、旦那。手柄はあんたのもんだ。ひとつ貸しだな」

街の誰もが知ってる、あの、気のいい肉屋を追いかけ、ジュゼッペが足音もなく立ち去ったあと、さもあきれたふうに誰かがこうつぶやいたっけ。

「やれやれ、今度は、探偵ごっこらしいぞ！」

＊

探偵ごっこにとりつかれてたのは、結局、去年の冬までだから、わりあいに短かった。ただその短いあいだに、全国、あるいは外国の探偵マニアや、本物の名探偵やなんかと知り合って、実際いくつかの事件を解決したってんだから、ジュゼッペもまあ、たいしたもんかもな。もちろん名誉毀損《きそん》やら、空き巣ねらいにまちがわれたりやらで、牢屋《ろうや》にたたきこまれた回数のほうが、はるかに多かったってわけなんだが。

雪解けまでは、昆虫採集さ。まっ暗な北の森にたったひとりで住みこんで、珍しい、けど地味な虫を何匹かもちかえった。さなぎや、卵なんかも。あんまりにも地味にすぎ、ひとにみせてもいっこうに感心はされなかったけど、ジュゼッペ本人は満足げにしてて、うちでていねいに標本箱に並べ、ひと晩ふた晩と眺めてたって。おかげでレストランには遅刻つづきで、またもやクビになりかけたんだっけ。

そのあとはたしか、外国語の通信教育。今何時やら、おなかがすいたよやら、ジュゼッペは十五種類ものちがうことばでいうことができて、おかげでレストランには、外国からの新しいお客がどんどんついたんだ。ご主人は喜びながらも、やつが十五か国語でやめてくれて、実のところほっとした、っていってた。きもちはわかる。外国語のメニューが日に日に分厚くなってて、あのままじゃ夏までに辞書みたくなっちまったろうから。

それから、なぞなぞ。こいつはけむたがられたね。それもひどく。どんな暇人だったとしてもさ、この世の誰が、ごはんのさなかや仕事中に、

「セクシーなくじらのパンツは、さあ何色でしょう？」

「はげかけた中年が絶対やっちゃいけないことは三つ。なあんだ？」

こんなくそばからしい話にかまってられるかい？　当世は、じいさんばあさん、それにこどもだって忙しいんだ。ジュゼッペは相手、ところ、時間にかまわずなぞをかけた。犬にだってかけたさ、夜のハトにだって。街のみんなは、とにかくやつにほかの何かがとりついてくれるよう、毎晩手をこすり必死にお祈りをしたね。

めでたくカメラ集めに移ったのが八月ごろかな。これからしばらく無難なのがつづくんだっけ。

潮干狩《しおひが》り。

潮干狩りでひろった貝がらやら石ころをみがくこと。

つなわたり。

腹筋に背筋運動。

どういうわけでサングラスなんて集めはじめたんだったかな。自分ではかけやしないのに、通りをいくひとの波にサングラス姿をみつけるや、ピザの皿片手にすっとんでいくんだ。ゆずってください、なんだってあげます。ジュゼッペはそんなふうにいうんだ。このピザはだめです、けど、おれのもってるなんだって、あんたのそのサングラスにはかえられない。お願いだ、ゆずってください！　おかげであいつの部屋に何百個もむだなめがねが集まった。外国の珍しいもの、限定品なんてものもなかにまぎれてたようだ。噂《うわさ》を伝えきいた遠くの物好きがふざけてごっそり送ってきたりして、コレクションの数は何倍にもなったさ。でも、かけやしないんだぜ。みんなおおっぴらに笑ってたね。そんなの、役立たずのごみ同然じゃないか！　って。まったくばかげてるよな、あいつったらさ！　って。

台風の季節にはナッツ投げだ。雲の速い空、高くたあかく、ピーナッツを投げあげ、口だけでぱくぱくと受け止める。たぶん最高で、一度に五個投げてた。通りじゅうのこどもが真似《まね》をし、ハトどもがほうぼうから群をなしてやってきた。奥さんがたはホウキを頭にかかげ、声をあげてハトとジュゼッペとをおどした。

使い古しの封筒集め。

ガラス吹き。

誰もみたことがないほどばかでっかい雪だるまづくり。

雪細工。

競歩。

あるときなんざレストランの隅でじっとかたまって、あいつ何やってんだ、とコックも客もちらちら盗みみてたら、いきなり泡吹いて倒れちまった。息止めてられる時間を計ってやがったんだ。救急車の係員がやつをみおろし、こんなのおれが運ぶのかよ、なんてってあからさまに口曲げたっけ。

こんなふうに、やつが新しい何かに手をだすたび、みんながみんな顔をみあわせ、いつもの苦笑いがひろがるんだった。しょうがないよな、ばかげたトリツカレ男なんだから、って。

そして、

「おーいジュゼッペ、トリツカレ男!」

からかうような声が店に、公園に、通りじゅうにひびくんだ。

「今度はなんだい、いったい何にとりつかれてるんだい?」

そう、忘れちゃいけない、ハツカネズミの飼育があった。段ボール箱に純白の真綿をしいて、電気毛布の上に置き、えさだって、レストランの食材をふんだんに使ったぜいたくな逸品さ。

つがいのハツカネズミはぐんぐん大きくなって、機関銃の勢いでこどもをうんだ。まっ白い小さな背中は、どれもこれも、つやっつやに光ってる。ジュゼッペは一匹ずつてのひらにとり、ぬるま湯でといたえさをやりながら、やさしくちゅーちゅーとはなしかけた。夜は姿勢をまん丸くして寝そべり、ふところでうごめく、おさないネズミたちのために子守歌をうたった。裸になってね、全身の毛をわざわざまっ白に染めて。その様子はまるで、ひとじゃない、ネズミになりきっちまって。床をうずめる白いふわふわのなかに、すっぽりとけこんじまって。親ネズミが、やきもちをやいたんじゃないか、と思うんだ。それとも、ネズミだかひとだかわかんないこの飼い主が、不気味にみえたってことだろうか。

ある冬の朝ジュゼッペが目をさます。えらく寒い。起きあがってまわりをみまわすと、ネズミたちはすっかりいなくなってた。あちこちにかじりちらした痕《あと》がある。ジュゼッペは立ちあがって毛布を肩にまとうと、少しだけ泣き、穴だらけの段ボールやらえさ箱やらをかたづけはじめた。

そのときさ。脱ぎすてたセーターのかげから、ちっぽけなハツカネズミが一匹とびだしたんだ。ジュゼッペはさっとしゃがみこみ、祈るような調子で、

「ちゅーちゅー」

とはなしかけた。

「ちゅーちゅー！」

するとたまげたことに、

「ぼくなら、ねずなきでなくってもわかるよ」

とハツカネズミが返事をしたね。

「ぼくはおいていかれちゃった。とうさん、かあさん、ぼくをつれていきたくなかったみたい。ずいぶんおなかがすいた。ここにおいてくれる？」

「ああ。もちろん」

とジュゼッペはいった。もちろんさ、と何度もくりかえしうなずいたあと、えさをとくお湯をわかすため台所へと駆けこんだ。

そんなわけで、ジュゼッペは今、ことばのわかるハツカネズミと一緒に住んでる。はなせるだけじゃなく、このネズミにはいろいろとかわったところがあってね、ごはんは楊枝《ようじ》で切りわけてたべるし、お風呂《ふろ》ではせっけんのかけらを前足でにぎり、からだじゅうをていねいに泡立てていく。やすりで毎晩前歯だってみがく。

「あれだけたくさんうんだんだ」

とそのネズミはいう。

「一匹ぐらい、かわりだねがまじっていて、ふしぎはないさ」

まあ、たしかにそうだろうな、ジュゼッペはこころしばらくとりつかれているバスクラリネットをいじりながら思う。リードの調整がまだうまくいかないんだ。

ハツカネズミはあるときこんなこともいった。

「きみはさ、トリツカレ男、って呼ばれてるみたいだね」

「そうだよ」

「街のみんなが、おもしろがってるってね」

「そうらしいね」

ジュゼッペはうわのそらでこたえる、腰を浮かせ、ぬい針をちょくちょくと動かしながら。このときは刺繍《ししゅう》にとりつかれていたんだ。

「ほら、みてくれ！ ほら、シャツの背中に、港の様子がぬいあがった！」

興奮したジュゼッペが、そのへんてこりんなワイシャツをひろげてみせると、ネズミは何度か、感心したふうにうなずき、

「なにかに本気でとりつかれるってことはさ、みんなが考えこるほど、ばかげたことじゃあないと思うよ」

「そうかい？」

「うん」

とハツカネズミ。

「そりゃもちろん、だいたいが時間のむだ、物笑いのたね、役立たずのごみでおわっちまうだろうけれど、でも、きみが本気をつづけるなら、いずれなにかちょっとしたことで、むくわれることはあるんだと思う」

「そうかい? ちょっと横をむいてくれよ。しっぽのかたちがみえやしない」

とジュゼッペはうわのそらでいう。

「港の倉庫に、ネズミの刺繍をいれたいんだ」

ネズミは肩をすくめて笑う。そして、すぐさまむきをかえ、かたちのいいしっぽをするりと床にたらしてみせる。

第2章　ペチカ

あれは秋の日だ。天気のいい月曜だった。

レストランが休みなもんで、ジュゼッペは公園に散歩にでかけようと決めた。その前に台所へ。野菜にハム、ドレッシング、細長いかたパン。包丁はぴかぴかのとぎたてさ。うちをでるころはもうとっくにお昼を回ってて、もうわかるだろう、ジュゼッペがこのときとりつかれてたものは、長くてぶあついサンドイッチづくりだった。

リュックサックからぴょこんと突きだしたパンの先を、通りのハトやスズメがちゅんちゅららとついばんで、みるみるうちにまるはげにしちまう。公園の芝生にはさんさんと太陽が照りつけ、おおぜいのひとが午後の散歩を楽しんでる。

「さ、でておいで」

上着のポケットをゆさぶると、ハツカネズミが手首にとびつき、ひょいとベンチにおりたった。よつんばいのまま背筋をのばすと、柔らかな毛がいっせいにさかだって、その背中へ陽のさしこむ様子ったら、そのまま秋風にはこばれて空高く舞いあがっちまいそうだ。

ジュゼッペはリュックをおろし、

「さーて、サンドイッチ、サンドイッチ」

「サンドイッチ、サンドイッチ」

とネズミも調子をあわせる。半分はげちょろっていったって、そこはトリツカレ男のこさえたサンドイッチさ。ベンチの上で、ネズミはめずらしくもお行儀悪く鼻を鳴らし、自分の前に並べられるはずの、豪勢なハム、レタスやチーズやさやいんげんやらを、うきうきと待った。

あれ、ジュゼッペ、どうしたんだい?

「サンドイッチ、サンドイッチ」

ハツカネズミはくりかえしてみる。おかしい。返事がない。

ネズミはみあげた。ジュゼッペは両手でサンドイッチをにぎり、前をみつめたままでぴくりとも動かない。パンのすきまから、丹念につめた中身が、ぼろぼろ草の上に落ちちゃってる。ネズミははっと思い当たり、すばやくジュゼッペの肩口へと駆けあがった。

この公園はばかっ広い噴水が有名で、大理石の水盤のぐるりに、カバにシカ、ライオンやゾウの顔がならんで、口からちょろちょろ澄んだ水をはきだしてる。そのうちのひとつ、シカの首筋にもたれかかって、風船売りの女のこが、水筒のふたをあけようとしていた。

なかなかあかない。

風船は自転車の荷台に止めてある。とってもやせた、でもきれいな女のこだ。とりたてておしゃれってわけじゃない、けど、みてるだけでなんだかゆかいな、ふしぎなデザインの黄色いワンピースを着てる。

ぼやっとひらいたシカの口からは、休みなく、ちょろちょろと水が流れでている。

ぽこん！　やっと水筒のふたがあいたとき、ジュゼッペはベンチから前のめりに飛びあがり、肩からずり落ちかけたハツカネズミは、思わず、

「きゃあ！」

と叫んだんだ。

その声のせいかどうかはしらない。女のこは、ベンチのジュゼッペに目をやって、水筒をふりながらにこっとほほえんだ。ジュゼッペはぐじゃぐじゃのパンを自動人形のように頭上にかかげ、ゆらゆらと動かしてた。まるでメトロノームさ。おかしそうに口をおさえ女のこがいっちまったあとも、ジュゼッペの頭の上から、みじめなサンドイッチの残骸《ざんがい》がぼとぼとふってきてた。オリーブやらツナやら、手製のマヨネーズソースにまみれたソーセージやら。肩の上でトマトを受け止めたネズミは、

「とりつかれちまったね、きみ」

チーズをのみくだしたあとこうつづけた。

「ものの見事に」

噴水のシカも、だらしなくひらいたその口で、にやにや笑っていたってさ。

*

火曜日、レストランのご主人はこまり果てていた。こんなにも役にたたないジュゼッペは、はじめてだった。注文はまちがえる、お客のカバンにけつまずく、料理の皿は上下逆さまにもっていき、おつりなんて、レジごと渡しちまいそうなほどのぼんやりぶりだ。

いっそうやっかいなのは、

「何にとりつかれたね、ええ、ジュゼッペ」

いくらきいても、はあ、ふう、と息をもらすばかりで、なんにもはなそうとはしないことだ。こんなことは今までになかった。結局いつもどおり、長い長いお休みをジュゼッペはいい渡され、ふらふら夜の街にさまよいでてくジュゼッペをみおくりながら、ご主人はふと思ったんだそうだ。あいつ、今度はもどってこないかもしれん、それがいいことかあるいはわるいことなのか、今んとこ、わしにはとんと見当もつかないが。

次の日からジュゼッペは、うちと公園とを何往復もした。あのこはなかなかみつからない。ひょっとして、とジュゼッペは思った。公園じゃないのかもしれない、あのこが風船を売っている場所は。このあたりで、ほかにこどもが集まりそうなところといえば、

「そうだ、動物園。街の反対側の」

ちょうど遠足シーズンで、古くからある動物園の入り口は、小学生や幼稚園児でごったがえしていた。ごろごろと低い熊《くま》の声が正門にまでひびいてくる。ポケットのなかでネズミはふるえた。

「やだな。こういうところって、性にあわない」

けれどジュゼッペ、トリツカレ男の勘は正しかった。切符売り場の横で、何十という色とりどりの風船が、果物みたいに、風にゆれるのがみえたんだ。ジュゼ

ッペはしゃがみこみ、わんわんやかましいこどもたちのあいだにかくれながら、風船のほうへと近づいてった。やがて人垣のむこうに風船売りの姿がみえてきて、それはまさしく、あの女のこにちがいなかった。

「整列なさい！」

と、小学校の先生が声をからす。

「これじゃいつまでも、動物園にはいれませんよ！」

女のその先生はまだ若かったけれど、いろいろあるんだろう、怒鳴りかたがはやくも様になってる。

風船はあんまり売れないみたいだ。女のこをじろじろと小学生がにらみつけてる、まるで、値ぶみするかのように。先生の声につられ、動物の鳴き声はごうごうとひどくなっていき、こどもたちのさわぎも、それにつれていっそうやかましさを増す。先生はこらえきれずに笛をくわえた。

ピーッ、ピーッ！

なんてことだ、入場の合図と勘ちがいしたこどもたちが、大波みたいにいっせいに、切符売り場へ殺到してく。あの女のこのからだは波にのまれ、くるくるとまわり、その拍子に手に握った風船をはなしてしまう。色とりどりの風船がぱらぱらと空に舞っていく。

ピーッ、ピーッ！

笛が吹かれる。

ピ――ッ！

ジュゼッペは迷わなかった。こどもたちのあいだを、助走もなしに、ホップ、ステップ、ジャンプ！　ホップ、ステップ、ジャンプ！　跳びあがるたび、風船をつかみとって地面におりた。ホップ、ステップ、ジャンプ！　得意にしてた、あのジグザグの、左ききの三段跳びさ。どんな遠くに飛ばされた風船だって、世界一の三段跳び選手からは逃げられっこない。

ホップ、ステップ、ジャンプ！

ホップ、ステップ、ジャンプ！

あっけにとられ、静まりかえったこどもたちのまんなかに、ジュゼッペはようやく立ち止まり、もう一度だけとてつもなく高い跳躍をみせた。そして正確に、女のこの目の前にぴたんと着地すると、集め終わった風船の束をおずおずとさしだしたのさ。

　ネズミにわき腹をつねられ、トリツカレ男はやっと、

「あの、おれ、ジュゼッペです」

のどの奥がはりあわされたみたいな声でいった。

女のこは風船を受け取るとにっこり笑った。それは、ハツカネズミの目からみても、うっとりしちゃうような笑顔だった。

「ワタシ、ペチカ、デス」

　ジュゼッペは顔をあげない。ネズミが力まかせに横腹をぶんなぐる。でも、あげない。それどころか早口に、あ、仕事の邪魔して、ああほんと、すみません、なんてくだらないことつぶやくやいなや、くるりとうしろをふりむき、小学生たちをぽこぽこ蹴《け》っとばしながら、すっとこその場から逃げだしたのさ。

「ばか、ジュゼッペ、このばか！」

ポケットのなかでネズミは暴れた。

「お茶にでも誘えよ。こんなチャンス見逃すなんて！」

「ごめん、心臓がのどまであがっちまって、そんで」

早足で歩きながらジュゼッペは息も絶え絶えに、

「あがった心臓がまたすぐに、お尻《しり》までおっこちてくんだ。息ができない」

駐車場のすみに便所がある。そのかげに駆けこんだジュゼッペは目をつむり、なんとか動悸《どうき》をおさえこむと、二度、また三度、と動物園のほうへ足をふみだそうとした。けどだめだ。前にでない。

便所の奥からおばさんこじきがふしぎそうにこっちをみている。

ジュゼッペはポケットからネズミを取りだし、充血した目でじっとみつめた。ネズミにはジュゼッペのいいたいことがわかった。口にだして、

「わかったよ」

といってやった。苦笑気味に。

「わかったからさ、晩ごはんには、レストランから特製ピザをとっといてほしい

ね」

そういい残してハツカネズミは、あの女のこ、ペチカのいたチケット売り場めがけていっさんに駆けていった。

その夕方、狭い部屋をあっちこっちと、ジュゼッペ、トリツカレ男はうろつきまわった。いろんなコレクションをおさめた箱がどさどさと落ちる。歩きながらジュゼッペは、口調をかえ、声色をかえて、彼女の名前をくりかえし呼んだ。甲高く、ペーチカ！　ささやくように、ペチカ……。一区切りずつ、ペ、チ、カ！

口にだすたび腹の底からぼよんとまんまるいためいきをつく。

名前を千回は呼んだころかな、こりこり戸口をひっかく音がきこえ、飛びつくようにノブを引きあけると、まっ赤な足拭《ふ》きマットの上にハツカネズミが立っていた。

「みつけてくれたかい！」

「慌《あわ》てるなって」

ネズミは芝居がかった仕草でしっぽを立てると、洗面台に駆けのぼって前足をすすいだ。さしだされた紙ナプキンでていねいに水気を取って、真綿をしきつめたマッチ箱のなかにもったいぶって腰かけたね。いつもよりいやにゆっくりとした、不自然な動作だったが、トリツカレ男、ジュゼッペはそんなことには気づきもせず、ただじりじりとネズミのことばを待っていた。

軽い咳払《せきばら》いのあと、

「あのこは、東の外国から船できた。三年前のことさ」

とハツカネズミははなしはじめた。

「今はひとり暮らし。公園のむこうのアパートに住んでる。お母さんがどっかにいるらしいが、何してるのかはわからない。まだ、ここのことばに慣れないから、なかなか友達ができないみたいだ。だから、夜になると、部屋で飼ってるインコにむかって、いろいろとはなしかけている」

そうネズミはいった。

「インコ?」

「そうなんだ、ばかなインコでね、ぼくの質問にピントはずれのこたえばかり返して、だからこんなに遅くなっちまった。ピザはとってくれたかい？」

「もちろん。もうすぐに届くころだよ」

「そりゃありがたい、インコとはなすって体力がいるんだ。ペチカはまちがいなくいいこだね。ネズミのぼくにりんごをくれたよ。まあ、芯《しん》だったけど、それでもネズミぎらいじゃないってのは大事なことだ」

「そんなのはいいからさ」

とジュゼッペ。

「もっとあのこについて、きかせてくれよ」

「ネズミぎらいじゃないってこと以外にかい？」

ハツカネズミは少しむっとしたようだったが、すぐに気を取り直し、

「そうそう、ペチカはりんごが好きなんだよ。朝昼晩、ずっとりんご。毎日りんご。だから、あんなにやせている。服は自分でぬってつくってる。毎朝はやく公園の売店で風船を仕入れ、自転車にくくりつけて動物園まで運ぶ。おかしいんだぜ、ペチカは自転車に乗れないんだ。りんごと風船と風船用のポンプを運ぶ、荷

車のかわりに、ブレーキの取れたおんぼろ自転車を使ってるんだ」

「修理してあげよう」

とジュゼッペはつぶやく。

「そして、公園の広場で、ふたり乗りの練習をするんだ」

「そうなるといいね」

といったところでレストランから特製ピザが届き、ハツカネズミはチーズまみれになってピザをほおばりはじめた。ジュゼッペは手をつけない。

「それでさ」

ジュゼッペはからだをゆらしゆらし、

「あの、おれがペチカと仲よくなるには、どうすればいいんだろうか」

「ジュゼッペ、きみもインコなみにばかだな」

ネズミはタバスコをぶっかけながら呆《あき》れたように首をふった。

「それはきみ自身が考えるんでなくちゃ！」

＊

翌朝はやく、公園通りには通勤のひとびと、学生、犬連れのじいさんなんかがせわしなく行きかい、よく晴れた空から太陽が緑のこずえを照らしつけてる。鉄の柵《さく》にもたれかかって、ジュゼッペ、新聞で半分顔をかくし、くだり坂のその先をちらりちらりと盗みみる。

「きたぞ！」

とポケットからハツカネズミ。

わかってる。ひと通りの上に浮かぶ色とりどりの雲が、さっきからずっと、ジュゼッペにはみえていたんだ。風船の真下に、ほら、茶色いとんがり帽をかぶった女のこがみえる。古い郵便用自転車をおし、こっちへ歩いてくるやせたペチカが。

ジュゼッペときたら、さすがトリツカレ男だけのことはあるね、いざとなったら度胸を決め、わきめもふらず、まっしぐらに、ペチカの前に進みでた。いったん驚いたペチカの顔にもゆっくりと笑みが浮かび、自転車をゆらせながら手探るような口調で、

「ジュ、ゼッ、ペ」

名前をおぼえてくれたんだな、トリツカレ男は感激し、なにをいっていいやら大混乱しちゃって、ああ、ううう！　気がつくと、うろおぼえの外国語をかたっぱしから口ばしってた。驚き顔の通行人、犬もじいさんもふりかえってみてる。けれどどうだい、通信教育で十五種類おぼえた外国語のうち、八カ国語目のことばでこういったとき、ペチカの顔がぺかぺかと、風船みたいに輝いたのさ。

「ともだちになりたいです」

「え、わたしと？」

ペチカは目をみひらいてききかえす。

「そう、そうなんだよ！」

ジュゼッペは舌をかみそうな外国語で、

「おれはジュゼッペ、ふうせんうりのペチカとともだちになりたいんだ」

そういったあと、不安そうに相手をみやる。

一瞬の間があった。と、

「ともだち！　友達だって！」

ペチカときたら、胸をおさえ、こしこしと目をこすったね。

「もう一度いって、ねえ、ジュゼッペ、もう一度」

「ともだちになりたいんだ、ペチカ、きみと」

「喜んで！」

とペチカはいった。

「こんな私を友達っていってくれるのなら、喜んで！」

ふたり並んで動物園までいく途中、ペチカはそれこそジェット風船の勢いでしゃべりまくった。どれだけ早口でも、むろん、トリツカレ男のジュゼッペには、一語残らずききとることができた。うまれた寒い街のこと。船の旅と悲惨な船酔いのこと。ここで迎えた最初の夏のまぶしい印象。冬のきびしさ。それに、やっぱりふるさとのにはかなわない、パン屋の焼きがまの香りなんかについて。

「いつかパン屋さんをひらきたいな」

とペチカはいった。動物園のチケット売り場で、風船のひもをほどきながら、

「ふつうのパンだけでいいから、四種類ぐらい置いてね。両手でもってまんなかをさくと、綿菓子みたいな湯気があがるの。あの湯気ほどのごちそうはほかにないね、って、お客さんにいってもらえたらうれしいなあ」

「想像するだけで、うまそうだ」

とジュゼッペは外国語でこたえた。

「それはそうとペチカ、りんごが好きなんだろう？」

びっくり顔のペチカに紙袋を突きだし、これ、八百屋のおばさんに選んでもらった最高のりんごなんだ、よかったらお昼にどうぞ。ペチカは恥ずかしそうに受け取って、どうもありがとう、と返事をしたよ。

「あのさ」

とジュゼッペ。

「明日もいっしょにきて、かまわないかな」

「本当に？」

とペチカ。

「でも、私ばっかりじゃなくて、ジュゼッペ、あなたの話もしてね。あなたのこともっと知りたいから」

ハツカネズミのかすかな拍手がポケットの底からひびいてくる。

ジュゼッペはその昼から建設現場で働きはじめた。鉄骨やコンクリート材を両肩にかかえ、はしご段を走ってのぼりおり、セメント袋を牛みたいに運んだ。ひげの現場監督は、大丈夫かよ、と眉《まゆ》をよせ、現場の同僚たちも、あいつ頭がおかしいぜ、と噂《うわさ》した。それでもジュゼッペ、トリツカレ男は楽しげに働いた。まるで、踊ってるみたいにみえた。真夜中過ぎに日当をもらい、陽がのぼる前に市場へ走った。まとめて十個買った最高のりんごをきれいな紙でつつんだ。

毎朝公園通りでペチカと落ちあい、半時間かけて動物園までいく。ジュゼッペは秘密の兄弟の話をペチカに明かした。ペチカは寝相の悪さを身ぶりつきでジュゼッペにみせた。笑い声が何度も風船をゆらすうち、ふたりは長年の親友のようになっていった。

ジュゼッペが自転車を直そうと申してると、ペチカは、いいの、と笑った。

「どうして？」

「あのね、ブレーキが取れた自転車って、なんだか好きなの」

ペチカはぎゅっとハンドルを握りながら、

「どこまでもまっすぐ走っていきそうでしょう？　もちろん、私はこうしておしていくだけ、実際にできっこないんだけど、ときどき想像してみるんだ、ブレーキなしで一直線な道を全速力ですべっていく自分を。とまらなきゃ、なんて考えることもなく、ただ一心にペダルをふむの。ものすごい勢いでふみ続けるの」

「ふうん」

「感じてるのはスピードだけ、みえてるのは目の前の道のさらにはて。ほかはなんにも頭にない。そういうのってね、きもちいいと思うんだ」

「うん、きもちいいと思うよ」

「……でも、ばかみたいにきこえるでしょう」

「そうだな、そうかもしれない」

とジュゼッペは軽くうなずき、

「ただ、そこがいいんじゃないかな」

そうきくとペチカはほほえみ、自分でもくりかえしうなずいてた。

＊

ある星空の夜、部屋に戻ったあと、ハツカネズミがこう小声でたずねたのさ。

「今日の仕事、きつかったのかい？」

「いや、別に」

ジュゼッペは椅子《いす》に座って両の手をじっとみてる。ほかにみるべきものがないんでみてる、そんな感じだ。

「じゃあどうしたんだよ、さっきから黙りこんじまって」

「きみ、ペチカの笑った顔って、どんなふうにみえる?」

思いがけない質問にネズミはとまどい、しっぽをぺたぺたとふりまわしたあげく、

「どんな、って、そりゃ、すてきな笑顔さ。ぼくの知ってる人間のなかで、あんなすてきに笑うひとはいないよ」

「そりゃもちろん、そうだよ」

とジュゼッペ、手を握りあわせ、

「けどさ、ちくしょう、なにかおかしいんだ。最初はわかんなかった、でも最近だんだんと気づきはじめた。ペチカの笑顔の底には、うまくいえないけど、灰色のにごりっていうのか、くすみ、っていうのか、そんなものがうっすらこびりついてて、それがあのこのこころに小さな穴をあけてる」

「気のせいじゃないかな」

「気のせいであってくれれば、と思うよ!」

ジュゼッペは椅子をまわした。

「きみ、頼まれてくれないか、もう一度あのこの部屋にいって、インコにきくんでも、その目でたしかめるんでもいい、なんとか、ペチカの心配の種をみつけてきてほしいんだ」

「あのインコとまたはなすのか」

とネズミは舌打ちをして、

「あんまり気がすすまないがね」

そういいながら、すばしっこく身をひるがえすと、暗い暗い、窓の外へと消えうせたんだ。

まだ夜も明けきらないころだ。夜中じゅうずっと起きてたジュゼッペの膝《ひざ》に、すとんとネズミは飛びおりてきて、

「ジュゼッペ、きみのいうとおりだった」

と早口でいった、薄汚れた毛並みもそのままに、

「あのこはりんごが好きなんじゃない、それしか買えないんだ。二度三度、安りんごを買うしかないくらい、お金にこまってる」

「なんだって！」

「この街に着いてすぐ、家族のことで借金をしたらしくて、ほら、例のギャングの親分から。ツイストの得意な。借金のかたに場所代を払って、ペチカは風船を売ってるんだが、その場所代がえらく高い。はじめは公園で売ってたのが、あんまり高すぎて、半額以下の、動物園のほうへ移るしかなかった。けど、それでもかつかつなんだ」

「ひどい話だ！」

「これはぼくの考えだけどね、ジュゼッペ」

とネズミは頭をふって、

「あのツイスト親分は、いずれペチカをキャバレーで働かせるつもりだぜ。無理じいするのは気がとがめるから、ペチカをしめつけ、そのうちあのこが音をあげて、仕事をもらいにくるのを待ってるんだと思うな」

ジュゼッペはネズミを抱きあげ、わかしたてのお湯でからだを洗った。そのあと白い便箋《びんせん》に、走り書きの伝言。

今日はそっちへ行けません、心配しないで、明日会おう。ペチカさま。ジュゼッペより。

書きあがった手紙をネズミはひったくり、またもや窓から飛びだしてった。

＊

鏡張りされた事務所の部屋で、

「よう、誰かと思えば、トリツカレ男じゃねえか」

ギャングの親分はレコードを止め、胸毛のものすごい汗をタオルでぬぐった。上半身すっぱだか、まっ黒いサングラスに細身のパンタロン。三日月みたいにとがらせたもみあげ。そう、ちょうどツイストの練習をしてたところだ。

ジュゼッペは、子分たちにひきちぎられたシャツの衿《えり》をあわせながら、ペチカのこと、それに借金の額について、こわばった声でたずねた。

「なんでそんなことが、お前さんに関係ある？」

どすのきいたせりふ。ジュゼッペが黙ったままでいると、親分は、は、はーん、といった。なるほど、今度はあの、だんまりのアマっちょにとりつかれたってわけか。

「でもな、トリツカレ男よう、わかってんだろ。借金は借金だ。それも、こづかい程度じゃねえ。お前さんの稼ぎくらいじゃ追いつかない金額よ。利子もとらなきゃなんねえし、ギャングもな、このご時世は商売なんだよ。痛い目にあわないうちに、帰んな、ほら、帰んな！」

「ツイスト親分！」

ジュゼッペは、うしろから水牛のような子分にはがいじめされながら、革のバッグをふりまわし叫んだ。

「知ってるんです、親分、あんたって実はツイストのほかに、こどものころから心底、昆虫の、標本集めが好きなんでしょう？」

「それがどうした！　なんでそんなことが、お前さんに……」

「これ！」

とジュゼッペはバッグをさしだし、

「この、中身をみてください！」

ジュゼッペのもってきたその虫がなんて名だったか、そいつはわかんない。なんだかこむずかしい、変な名前の虫だったらしい。子分たちの目には、小指の爪《つめ》ほどの、ごきぶりの赤ん坊にしかみえなかった。けど、ツイスト親分のそのときの興奮ぶりは、ギャングのうちうちでも語り草になっている。

「こんな宝物が！　信じられねえ、この、おれさまの街に！」

と、親分は標本箱を手に、涙を流しながらひざまずいたそうだよ。

「しかもどうだ、なんて見事な保存ぶりなんだ。トリツカレ男、嘘《うそ》だろ、ひょっとしてお前さん、いや、でも本当に、この宝をまさかおれに」

「メスの標本もバッグの底にあります」

「信じられねえ！」

ツイスト親分はジュゼッペの膝にすがりつき、頬ずりしながら、今後お前さんの頼みはどんなことだってきくぜ、おれの親友、いやさ兄弟、といった。この街をお前さんの街と呼んだっていい。ところでなんでそんなぼろシャツを着てる。ほら、おれさまの紫のシャツを着な。この際だ、クリーム色のパンタロンもはいてくれ。はやく着替えろよ、これからふたりしてツイストのショーをみにいこうじゃねえか！

二年後、オスメスつがいのその立派な標本をめぐって、ギャング同士の殺しあいがはじまるんだが、そいつはまた、別の話だ。ただまあギャングには、昆虫好きが多いってことかもしれないな。

次の朝、

「ジュゼッペ、今日から私ね、この公園で風船売りができるの！」

ベンチで足をゆらしゆらし、ペチカは秘密めかしていったものさ。

「それも、ただで！」

「ただ？」

ジュゼッペは二日酔いのおでこをもみながらきいている。

「そうなの。ジュゼッペ、あなたにはわからないでしょうけど、おもてでものを売るって、ひどく面倒なことがからむのよ。でもね、もう大丈夫。面倒なこと全部、きれいになくなっちゃった。消しゴムで消したみたいによ。世のなかってときどき、信じられないことが起こるものね！」

「まったくだね」

　と頭をふって、ジュゼッペは紙袋からいそいそ、ぶどうとなし、大きなグレープフルーツ、それにマンゴをふたつ取りだしたっけ。

　公園で風船はよく売れた。それだけ暇なひとが多いんだろうさ。ときどき初秋の空に、誰の手から逃げだしたものやら、赤や黄色のまんまるが飛んでいく。メリーゴーラウンドの音が西風にまじる。

　ふたりは夕方も会っていろいろとおしゃべりをした。ペチカも新しいことばがずいぶんと上手になった。

　陽が沈み、ペチカをアパートまで送ってったその帰り道、

「なんだか表情がさえないみたいだけど、ジュゼッペ」

　ネズミが肩口から声をかける。

「ひょっとして、またなにか、あのこの笑顔にけちつける気じゃないだろうね」

ジュゼッペは下くちびるをかみ、ついさっきのことさ、とつぶやいたんだ。アパートにはいろうとふりむいたペチカの横顔、なんともいえず辛《つら》そうだった。お金の問題が解決したんで、ほかに、もっともっと重要な、こころの底の心配ごとが、こころの表面にまで、くっきりと浮かんできたんじゃないだろうか。

「わかったよ、もうこれっきりだぜ！」

ハツカネズミはそでをすべりおりた。そして、黄色く灯《とも》ったペチカの窓まで、雨どいを鳴らして駆けのぼっていった。

ジュゼッペにしたって、ペチカのきもちの小さなくすみなんて、見逃せるもんならばそうしたかった。でも、駄目だったね。ぜったいに。それほどまでに本気で、手抜きなく、ペチカにとりつかれていたからね。ペチカ本人さえ気づいちゃいない笑顔のくすみを、トリツカレ男、ジュゼッペの目は見抜いちゃうのさ。哀《かな》しいことに。

ハツカネズミの報告によれば、くすみの原因は、ペチカの母さんにあった。病気さ。山の治療院でひとり、ここ二年ほど寝たっきりの暮らしで、あの大きな額の借金も、ぜんぶ母さんの治療費のためだったんだ。ペチカの母さんはひどいぜん息もちだった。冬が近づくにつれその発作は目にみえてひどくなる。

「あのこが服をぜんぶ手作りするのは、繊維や糸くずが、お母さんののどにさわらないようになんだ。ジュゼッペ、ぼくはあんなこをみたことがないよ」

ハツカネズミは赤い瞳《ひとみ》をぬらした。

「なんでも、今週末にはお見舞いにいくらしい」

＊

翌朝早く、治療院の呼び鈴が鳴った。街なかとはちがい、山の空気はもう冷たい。あからさまなつけひげにバンダナ頭のそのヒッチハイカーも、まっ白い息をガラスの戸口に吐きつけてる。受付のおねえさんは、ごく自然な口調をかえず、なにかごようですか、とたずねた。

「わしは、さすらいの医者です」

と、ヒッチハイカーは片目をつむった。

「そして、ぜん息は、けして不得意な分野ではありませんでしてね」

ひらかれた考えの治療院だったんだな。広い窓をとったサンルームに、ぜん息で入院中の患者たちがおおぜい集められた。壁にもたれたこどもも、しゃがみこんでるおじさん、ひとりで歩けず車椅子でおされてきたでぶっちょのおばさん。

「さて、この部屋は、よく陽がさしますな」

と、ヒッチハイカーはおでこに手をかざし窓をみあげた。

「日光に当たるのは、むろん、よいことです。けれどまぶしすぎると、目の奥、鼻、のどのあたりまでがむずがゆくなって、毛玉みたいな咳《せき》が、ついついでてしまう、と、みなさん、そんなおぼえはありませんかな」

患者たちはひゅーひゅーとのどを鳴らしかすかにうなずく。謎《なぞ》のさすらい医者はひげ面《づら》をゆるませ、机の上にもってきてた大きなトランクのふたを、ほこりが立たぬよう、そっとやさしくひきあけた。

ぴかぴかにみがかれた何百個ものサングラス。丸坊主《まるぼうず》の男のこが、わお、と思わず声をあげる。誰にだってわかる。それは、世界一の、サングラスコレクションだ。

「これを付けるだけでね、ずいぶんちがうもんなんですよ」

とヒッチハイカーはいった。

「それから、今日はもうひとつ、とっておきの治療法を教えましょう。それは」

かたずを飲む患者たち、集まってきた医者、看護婦の集団。ひげのヒッチハイカーは部屋をゆっくりと見渡し、にこやかに笑いかけながら、

「それは、腹式呼吸、つまり歌です。みなさん、オペラってご存じですか？」

＊

その晩、暗くなった山道を、のろのろくだっていく家畜用トラック。荷台の隅で干し草にくるまり、ハツカネズミはとうもろこしをかじりかじり、

「きみがあんなにぜん息にくわしいなんて、知らなかったよ」

と誇らしげにいったもんだ。

「いったいどこで習ったんだい?」

牛のしっぽをよけながら、ジュゼッペはつけひげのあとをぽつぽつかいて、

「あかんぼのおれが、うまれてはじめてとりつかれたものが、アレルギー性のぜん息だったんだよ」

冬が近づいてるってのに、ペチカのかわりようははた目にも明らかで、風船なしでも遠くから彼女のまわりだけ輝いてみえるようで、ツイスト親分もジュゼッペに、上玉つかまえたな、さすがだぜ兄弟、なんて、しきりに指をはじいたもんだった。

「退院はもうちょっと先だって。まだ、のどのはれは引いてないし、母さんの声、船に乗る前からほとんどきいてないの」

落ち葉ふみわけ、自転車をおしていくペチカ。

「でもね、からだはっていうと、呆《あき》れるほど元気なんだ。治療院の雰囲気も、先

だって以来ずいぶんかわっちゃって、信じられないかもしれないけど、先生や看護婦さん、それに患者さんたちみーんな、はなすとき歌をうたうのよ！　らら、おちゅうしゃのじかーん！　とらら、おや、てんてーきのはーりが、らら、ずーれてーるよー！　なんて。オペラ歌手みたいに」

「そりゃまたかわった病院だなあ」

　とジュゼッペ、ポケットに手を入れて、ネズミの忍び笑いをおしこめる。

「新しくとりいれた治療法なんだって」

　ペチカもさくらんぼみたいな口元をおさえながら、

「肺で無理に息を吸うより、おなかの底から呼吸をする。その癖がつけばぜん息なんてからだのほうが忘れちゃうんだ、って、それはわかるにしても、なんでまた母さんたちったら、あんな変なめがねなんて……」

「めがね？」

「いわないわ！」

　とペチカは肩をすくめ、

「こんなことといったら、わたしの頭こそ、どうかなったって思われちゃうもの」

公園の木々はまっ赤に色づいてる。ペチカがためいきをついたそこへ、どうと強風が吹きつけ、空は紅葉だらけになる。ジュゼッペはでたらめに舞いおりてくる落ち葉を、たてつづけに五枚、上手にぱくぱくと口だけで受け止め、ペチカに渡す。ペチカはそれを二枚胸のポケットにさす。むろんジュゼッペの胸にも三枚さす。

第3章 タタン

そして冬がきた。

この街の冬は冷え切った鉄のように厳しい。顔なじみのひとと通りででくわすことは珍しくなり、暖房のきいた部屋にも、寒さは身をかがめ忍びこんでくる。もちろんジュゼッペのこの古いアパートにだって。

ジュゼッペがそれまで、部屋の修繕にとりつかれたことはなかった。あちこちから風を切る音がぴゅーぴゅーと鳴って、机の上の新聞やら、毛布までが身をちぢこめてみえた。

ハツカネズミは怒ってた。きもちはわかる。ジュゼッペときたら、まだ自分の思いを、ペチカに伝えちゃいなかったからね。それどころか、まだあの、笑顔のくすみとやらにこだわってて、くすみの理由が、

「寒くて風船がふくらまないこと」

そう知らされるや、腹筋と息止めとできたえた肺活量でもって、まんまるく風船をふくらましてやり、

「公園にひとがこなくなって、さびしがってる」

そうとわかれば、徹夜して雪だるま、雪の犬、雪のじいさんに雪の小学生をこしらえ、それぞれの手に一個ずつ色のちがう風船をもたせた。

そのたびペチカは笑った。こころの底から笑ってみえた。ただね、そのぶんトリツカレ男の目には、こころのくすみがはっきりみえる、ってことになる。得体のしれない力でペチカにとりついてるもの。ペチカの笑顔を奥底からひっぱっている、ジュゼッペの知らない冷えきったなにか。

ハツカネズミは疲れてもいた。なぜ、って、そうじゃないか、ペチカのくすみの理由とやらを、毎度毎度、あのこの部屋からみつけてくるのはこのネズミなんだぜ。もうこれっきりだ、何度もそういいながら、公園を横切ってペチカの部屋にくりかえしむかうことを、ハツカネズミはけして断らなかった。

ゆうべからすごい雪がふってた。まだふりつづいてる。

ジュゼッペはだまりこんでストーブの火をみている。

風切り音のなかで、ずっと考えこんでいるんだ。自分にとりついたペチカ、その深い洞窟《どうくつ》を、一心にろうそくで照らし、一歩ずつはい進んでいく、そんな表情をしてね。ネズミは、やめてほしかった。ネズミだって、笑ってほしいんだ、ジュゼッペにね。たとえそれが、ほんのちょっとのあいだでも。

なのでまた、こういったんだよ、

「しょうがないなあ、ほんと、これがもう最後だぜ」

タン
タ
タ
きこえよがしに吐息をついて、壁の穴へとむかっていく。ところがストーブのうしろでいきなり腰のあたりをつかまれ、ハツカネズミは面くらい、大声で叫んだんだ。

「なんだ、なにするんだよジュゼッペ！」

「知ってるんだろう」

とジュゼッペはいった。てのひらでつつむようにネズミのからだをもち、胸元へと静かにひきよせる。その目は怒ってない。ただ哀《かな》しみだけがある。

「きみは、最初から知ってたんだね」

とジュゼッペはくりかえし、そしておちついた声でこうつづけた。

「あのこが内心、どうしてふさいでいるか。笑顔にくすみをつくる、こころのひっかかりがなんのせいだか。注意深いきみなら、はじめてあのこの部屋にいった晩に、気づかないわけがない。インコだってきっと、きみがいうほどのばかじゃない。きみはとうに知ってる。毎晩ペチカがひとり、夜にむかって何をつぶやいてるのかを」

ネズミはけんめいに目をそらそうとした。でもむださ。トリツカレ男の本気のまなざしから、逃げるだなんて、そんなこと誰にもできやしない。時間かせぎはもう終わり。ハツカネズミにもわかってた。

ほっぺたのひげがしめりけをおび、ゆっくりとたれさがる。

羽根を置くような手つきで、ジュゼッペはネズミを机にもどす。どれくらいだろうな、長い長い時間が経《た》って、ことばのしゃべれるそのハツカネズミは、ようやく口をひらいたんだ。

「ぼくはね、ジュゼッペ、きみのことが大好きさ。ペチカだって、ほんとうにすばらしい女のこだと思う。ふたりがいつか、恋人同士にならないかなあ、ってぼくはほんとに、ほんとうに、ずっとそう祈っていたんだよ」

　親指で背中の毛をなでながらジュゼッペは、

「つづけておくれ」

「ペチカは毎晩、写真をみてる。年上の男の」

　とハツカネズミはいった。

「名前はタタン。外国のひとさ。去年の秋までは、あっちこっちから手紙がきてた。それが突然ふっつりこなくなった。彼は婚約者だ」

　ジュゼッペの指は動きつづけてる。でも、声のでる気配はない。

「ペチカの部屋は、タタンの写真でいっぱいなんだ」

　ネズミは小さくいうと、すぐさまジュゼッペの顔をみあげ、

「でもねジュゼッペ、夜のペチカより、お日さまの下の、公園での、きみと一緒

のペチカのほうが、何倍もきれいだ、ぼくはそう思う。いわなくっちゃ、ジュゼッペ！　行方知れずのタタンのことなんて、はやいところ、きれいさっぱり忘れさせてやらなくっちゃ！」

「その名前なのか、あのこが毎晩つぶやいてるのは」

ジュゼッペの声はやわらかだった。安心のためいきみたいにさえきこえた。そのやわらかさに、ネズミの白い全身の毛が、ぞわっとさかだった。

「ジュゼッペ」

ハツカネズミはすがるように呼びかける。

「いったいぜんたい、何を考えてる？」

「きみに頼みがあるんだ。これがほんとに最後だから」

やわらかな声のままジュゼッペはこたえる。

「ペチカの部屋から、タタンってひとの写真を一枚、こっそり借りてきてくれないか」

「どうするつもりだい？」

挑むような口調だ、けど、黙って自分をみつめてる、トリツカレ男の哀しい瞳《ひとみ》に、やっぱりネズミは逆らえなかった。だから、今度はゆっくり、ゆっくりと、床をはうモップみたいな身のこなしで、雪のやんだ戸外へとすべりでたのさ。

写真のタタンはこどもたちにかこまれていた。学校へ通ったことのないジュゼッペにも、肩幅の広いその男が、先生なんだってことはわかった。少し白髪のまじった長い髪はぼさぼさで、目尻《めじり》に細かなしわ。まん丸い大きな鼻には銀ぶちめがねがのっかっている。

タタンはアイスホッケーのスティックを握っていた。こどもたちも同じ柄の棒をもって、空に高く高くつきあげている。そのうしろで、髪の短いペチカが笑っていた。笑顔の底に、なんのためらいも、くすみもなしに。

郵便局でジュゼッペは、国内海外すべての探偵マニア、知り合いの警官、名探偵たちにあてて、かたっぱしから電報をうった。もちろんファッシミリで写真もそえて。

「尋ね人。名前タタン。年齢四十歳。居場所みつかり次第至急連絡を乞《こ》う。報酬糸目つけず。当方トリツカレ男、探偵趣味のジュゼッペ」

「こんなのまちがってる！」

ストーブにかじりつきそうな勢いでネズミは叫んだ。

「きみは、自分がいったい何やってんのか、理解しちゃいないんだ！」

「いいや、ようくわかってるさ」

やかんの湯気をみつめながらジュゼッペはこたえる。

「可哀想《かわいそう》なペチカのこころを、まっ青な空みたく晴々と、すきとおらせることができるのは、たしかにこのタタンって男だけなんだ。それにね、そんなに嘆くこたないさ、こいつとペチカと、三人で顔をあわせりゃ、おれははっきりいうつもりなんだから。この世でいちばんペチカをおもってるのは、トリツカレ男のジュゼッペ、このおれなんだ、ってね」

「ほんとかい！」

ネズミの赤い目に光がともる。

「だからさ、今は待とう」

　そういって、ジュゼッペはほほえむ。

「タタンがみつかりゃ、あのこにほんとうの笑顔がもどる。そうすりゃおれは、堂々とあのこを迎えにいけるんだ」

「ふーん、そんなにうまく、ことが運ぶかねえ」

　とネズミははやくも、いつもの皮肉屋にもどってる。

「ペチカがあのタタンって強そうなひとより、ちびすけのきみを選ぶだなんて、そんな保証はこれっぽっちもないぜ」

「おれを誰だと思ってる？」

　とジュゼッペも片目をつむり、

「トリツカレ男の、ジュゼッペだぞ！」

*

　とある北の遠い大都会から、タタンの行方を知らせる速達便が届いたのは、捜索願いをだして、たった三日後のことだった。

　ジュゼッペさん、なつかしいですね、と、その長い手紙ははじまっていた。名探偵ジュゼッペへの敬意をあらわした簡単なあいさつ、そして、なにもかわっちゃいない事務所の様子を手短に伝えたあと、タタンって男の死亡を、その手紙は知らせていた。

　古いロープウエイだったんですよ。そろそろ寿命だ、少なくともあのケーブルは二本ともかえなくては、と、市の職員も口をそろえていたようです。私の弟もスキーをやりますので、ときどき使ってはいましたが、いつか一緒に晩飯を食いながら、ケーブルのたてる音を口真似《くちまね》してみせてくれたことがありました。

　よくおぼえています。忘れられるものではありません。

　キリキリ、キリキリキリ！

　私は、やめろ、っていいました。飯をもどしちまう。まったくぞっとするぜ。

ほんと、そうなんだよ、と弟はいいました。ロープウエイの乗客はみんな、耳に手を当ててしゃがみこんでる。ばあさんたちはお祈りをとなえだす。ありゃなにか起きてからじゃ遅いと思うんだが。と、やつは頭をふっておりました。

タタンというその中学校教師が去年、ホッケーチームの合宿所にこの山を選んだのは、私が思うに、おととしうちの街で国際大会があったからではないでしょうか。住むにはつらい陰気な街ですが、あの生徒たちにしてみれば、この街の名はおそらく、あこがれの選手の名前にかさなってきこえたことでしょう。

街の宿屋に着いたとき、その先生は、背中に生徒のひとりをおぶっていたそうです。足をけがしてホッケーはできないんだが、とタタン先生はいいました。このこももちろんチームの大事なメンバーですからね、と。

「ぼくはパックをみがくんです」

背中の生徒は明るくいったそうです。

「知ってますか、よくすべるパックこそがホッケーのだいごみです、で、このぼくほどぴっかぴかにパックをみがける生徒はほかにいないんです！」

タタン先生は目を細め、何度もほこらしげにうなずきました。ずいぶん立派な体格だったときいております。が、宿屋の主人にいわせると、でかいそのからだよりさらにでかいなにかをからだのなかにたたえている、そんなふうなひとにみえたそうです。

生徒は十八人いました。タタン先生もふくめ十九人を乗せたロープウエイは、中腹のコテージ村めざして、のろのろとのぼりはじめました。その途中、ちょうどまんなかほどのところで、片側のケーブルが切れたのです。

斜めかげんの宙ぶらりん、そのうえでたらめにゆれまくるロープウエイの車内は、さながら悲鳴の缶詰でした。その悲鳴にあのいやらしい音がかぶさります。想像したくもありませんね。たぶんふだんよりさらに甲高い音です。

キリキリ、キリキリキリキリ！

「はじめてのスケート靴！」

生徒たちはみな、何をいわれたのかわかりませんでした。声のほうをふりむくと、タタン先生が窓ガラスに手をついて、少し青ざめながらも、にっこり笑っていたそうです。

「思い出してみよう、みんな。シーズン最初のリンク。鏡のようにま新しい氷。そこにおろしたてのスケート靴でおりる。どんなふうにおりる？　どんなふうに立つ？　さあ、いい練習だ、私にみせておくれ！」

みな、しんとしました。さっきまでのさわぎが嘘《うそ》のように。生徒たちはめいめいひざの力を抜き、からだのバランスをとって、床をいとおしむかのようにその場に立ちました。そっとです。足のわるいあの生徒にさえそれができました。そしてロープウエイのゆれは、次第におさまっていったのです。

「そう、その調子、その調子」

先生はうなずき、ふだんとかわらない調子でこうつづけます。

「もうじき救助隊がくる。ほら、サイレンがきこえるだろう？」

サイレン？　いいや、そいつはちがいます。ゆれがおさまったとはいえ、生徒たちの耳には、ケーブルの音がいっそう不気味にひびいていたはずです。キリキリキリ、キリキリキリ！　自分たちの悲鳴よりよっぽどおそろしい、十九人の体重でいますぐにもちぎれそうな、一本だけ残ったケーブルのあげる甲高い悲鳴が。

「目をつむりなさい」

がくん、と車体がゆれ、生徒たちののどから泣き声がもれはじめたとき、タタン先生はそうささやいたそうです。

「目をつむり、だまったままで待つんだよ。これは練習だからね。相手の応援がどんなにさわがしいリンクの上でも、いつものペースをくずさない練習なんだよ」

生徒たちはいわれたとおり目をつむりました。ただひとりを除いて。

「私もだまるから。ずっと声をあげないから。これはコーチとしての真剣な命令だ」

足のわるいあの生徒だけが、出入り口のノブにそっと手をかける先生の動きをみていました。

「私をコーチと思ってくれているなら、いいかね、ずっとだまったままでいること。目をつむっていること。頭のなかに試合を、パックのすべりを思い浮かべて、そのままじっと立っているんだ。命令を破るものがいたら、おどしじゃない、私は今日でコーチをやめるからね」

そんな、やめないで先生、とエースフォワードがつぶやきます。

「こら！　だまってるんだろ」

タタン先生は笑ったそうです。

「今ので最後。たった今から私もだまるからね。さあ、みんな、試合に集中しよう」

パックみがき担当の、足のわるいあの生徒も、薄くあけた目をようやくとじました。だから、ここから先は推測するしかありません。一瞬、冷たい風が吹きつけたような気がした、と生徒のひとりはいいました。ロープウエイが少しゆれ、そのあと、甲高いいやな音が急に低くおちついた、とは、別の生徒の証言です。

「でも、そんなこと気にならなかった。先生にいわれたとおり、ぼくらみんな、頭のなかの試合に集中してた！　救助のひとの声がきこえてくるまで、ずっと目をつむったままで……」

パックみがきの生徒が消えいりそうな声でそうつぶやくと、山小屋で毛布にくるまったこどもたちは、いっせいに泣きじゃくりはじめたそうです。

ドアをおしあけ、山にうしろむきに立ったタタン先生は、落ちていく前、生徒たちひとりひとりの顔をみわたしたでしょうか。私はそうは思いません。一瞬でも早く、ケーブルにかかる荷重を軽くしたかったはずですから、躊躇《ちゅうちょ》せずとんだはずです。まっ白い山肌へ、背中から落ちていったのです。雪が受け止めてくれるかも、なんて考えが先生の頭にあったかどうか、そいつはわかりません。ほんの少しでもそう考えていたとしたら、甘かった。前の晩のきつい冷えこみで、斜面はこちこちに凍りついていました。アイスバーン、ってやつです。タタン先生の背骨はまっぷたつにへし折れていました。知り合いだったんですか？　たいした男、と思いますね。私には、とてもこんな真似はできません。

ロープウエイは修理され、今ではぴかぴかの新品、今年の冬はうちの弟も、二日とあけずスキーざんまいです。

仕事があいたら、ジュゼッペさん、ぜひまたこの街をたずねてください。あなた、スキーはおやりでしたっけ？　とにかく探偵事務所の机はひとつ、いつでもあなたのためにあけてあります。

報酬糸目つけず、ですって？　よしてください。あなたに恩をかえすチャンスを、今でも街じゅうのみんなが、今か今かと待ちかまえているんですよ。

＊

「やめろ、ジュゼッペったら、そんなこと、たのむからやめてくれ！」

手紙と死亡診断書をひきだしにしまい、屋根裏の物置をジュゼッペがひっかきまわしはじめたとき、ハツカネズミには、トリツカレ男の考えがはっきりとわかった。なにするつもりなのか、手にとるように読めたんだ。

屋根裏からおりてきたジュゼッペは、てきぱきと服を脱ぎ捨てていく。ばかでかい肩パッドをつけ、からだにマットをまきつけセーターを着て、スプレーを白くまぶした女物のかつらをかぶる。探偵用の化粧道具をかかえ、洗面所にとじこもったトリツカレ男に、ハツカネズミの罵声《ばせい》がとぶ。

「そんなの、みたくない！　このへっぽこ野郎！」

たしかにね、体型からして無理があるよな、診断書によるとタタンの体重はジュゼッペの倍以上あったわけだし、ぶかぶかの服に厚底のブーツをはいて、ところどころ粘土をはりつけた顔には、しわのつもりのまだら化粧。いっちゃわるいけど、ぶざまだったね。冷静な先生、たいしたコーチ、ってより、石油缶からひょっこり頭をだした食あたりのヘビだよ。もちろん、写真のタタンには、似ても似つかないご面相さ。

「せめてもだよ」

とジュゼッペは息苦しそうにいった。

「やるべきことがわかってるうちは、手を抜かずに、そいつをやりとおさなくちゃ」

「まちがってる！」

ネズミの声に首をふって、ぶざまな扮装《ふんそう》のジュゼッペはアパートをでた。外は夜になってる。みじめな雪景色さ。茶色くぬかるんだみぞれ道を、竹馬みたいな靴をひきずって、ジュゼッペは歩いた。公園通りを抜け、気のいい肉屋の角を曲がり、三叉路《さんさろ》を左、その三軒目。れんがづくりの三階。

ペチカの窓はほの暗かった。黄色い光がちらちらと動く。ろうそくをつけて、たった今、あのこは写真を眺めてるんだろうか、こんなふうにつぶやきながら。

タタン、今どこでどうしてるんだろう、タタン。

その声、その姿を思うと、ジュゼッペの胸に勇気がわいた。やらなくっちゃ、とふるいたったのさ。それはもちろん哀《かな》しい勇気だったけれど、ジュゼッペは迷うことなく、かじかんだ手で非常用の高はしごをつかんだ。そしてひと息に三階の窓辺に渡すと、おもりみたいなブーツをもちあげてまっすぐにのぼっていった。

こつこつ、と窓をたたく。

しばらくして、誰？　とガラス越しに声がする。

私だよ。ジュゼッペは外国語でいった。タタンさ。

カーテンがさっとあく。ジュゼッペはうつむく。薄暗がりにぼんやり、ペチカの青ざめた顔がうかぶ。

「タタン先生！」

口をおさえ、やっとしぼりだしたその声は、この世でいちばん珍しい小鳥みたいにかぼそい声だったよ。何度も何度もペチカはその名前を呼んだ。首を横にふりながら。そして、

「ああ、やっぱり。けど、でも、いったいどうして……」

彼女のことばをかきけすように、ジュゼッペは早口で、

「今まで連絡できずにすまなかった。あ、だめだめ！　だめだよ、窓をあけちゃ

いけない！」

　問いかけるような顔のペチカに、ジュゼッペはおおげさに咳《せき》ばらいし、

「ちょっとした伝染病でね。医者のみたてによると、五十センチより近づくと必ずうつるんだそうだ」

「タタン先生……病気なの？」

「心配ない、心配いらない、私は注射をしているから」

　夜はひと通りが少ないから、こうしてでかけてくることができた、そういいわけし、こちらをみつめるペチカの涙ぐんだ目を見返しながら、ジュゼッペは自分のなかに、哀しさと同じぐらいの、安堵《あんど》を感じていた。つまり、ほっとしたんだ。やっぱりそうか、って。そう、ばれるわけない、ってね。なんせペチカのこころには、タタン先生がとりついちゃってるんだから。ペチカをおもう誰かが、自分はタタンだ、っていえば、そいつが立派なタタンにみえてしまうほどに。それがつまり、とりつかれちまう、ってことなんだ。トリツカレ男にはそれがわかった。

「ペチカ」

できうるかぎり明るい口調でジュゼッペはいった。

「きみは元気そうじゃないか。これまでのきみの話をききたいな。いろいろあったんだろう。はなしてくれないか」

冬の風がぴゅーぴゅー吹きつけてくる。ペチカが口をひらき、ジュゼッペは耳をすませた。きいたことのある話ばかりだったけれど、声はたしかにちがってきこえた。

ガラス越しだったせい？

いいや、そうじゃない。

ジュゼッペは思った。それは相手がタタンだからだ。こどものころに生徒として出会い、そのあともずっと話をきいてくれた、タタン先生にはなしてるからだ。声はちょうどいいところからでてる。本来ペチカの声がでてくるべきところからでてきてる、ジュゼッペの耳にはそんなふうにきこえた。この世にはペチカ自身とタタン先生、このふたりしかいない、あるいは、自分たちがいるここ以外この世なんてどこにもない、ってなふうに。

ジュゼッペの耳にはね。

「それから今のところ、冬は風船がぜんぜん売れないから、クロスをつくったり上着の裏地を直したりしてます」

とペチカは外国語でいった。

「きみは、昔から裁縫が得意だったからねえ」

「ふふ、先生の服、ずいぶんでこぼこね」

とペチカは鼻をすすって、

「あいかわらずサイズがまるっきり合ってないわ」

「気にいってるんだよ。別にこのままでかまわないし」

「そういうところもかわらない。先生の顔、三年前とほとんどかわってない」

とまでペチカはいったね。そして咳ばらいし、

「ところで先生、チームの調子はどうですか？」

「チーム？」

「タタン先生」

ペチカは目をまん丸くし、

「ホッケーやめたの？　病気のせいで？」

「やめる？　この私が？　アイスホッケーを？」

アイスホッケーについてそれまでまるっきり興味のなかったジュゼッペは、内心冷や汗にまみれ、妙ちきりんな素振りをみせながら、おおげさに笑ってみせて、

「やっているよ、ホッケー、今日もやってきたところだ、いいね、ホッケー」

「タタン先生」

はしごの上でジュゼッペは踊った。

「いや、この街はじつにいい氷が張るねえ。あの、去年優勝したプロチームは、こういう氷で練習したんだろうね、うらやましいなあ、ほら」

ジュゼッペはしゃべりながら頭のなかを必死で探した。けれどホッケーチームの名前なんて、ひとつとしてみつかんない。

しばらく黙っていたペチカは、ジュゼッペをみあげながらようやく、

「いいの、先生」

といった。目尻《めじり》を指でなぞりながら、

「ごめんなさい、ちょっとびっくりしただけなんです。あんなにとりつかれていたホッケーなのに、やめなくちゃならないだなんて。私、余計なことをいったわ。ほんとうにごめんなさい、よほどつらい……事情があるんですよね」

なんて哀しそうにいうんだろう、とジュゼッペは思った。まるであのくすみがほどけ、ひとつずつのことばになって、きこえてくるみたいだ。

「ペチカ、私はアイスホッケーをやめていない、それに」

トリツカレ男のジュゼッペは胸の深いところで、タタン先生ならいうだろう、と思った。おれにはわかる、きっとこういうはずさ。大切なことだ、おれがタタン先生だったとするなら、いわなくちゃならない。

「私がとりつかれているものは、ホッケーなんかじゃない。こどもたちだ。私のまわりにいてくれたすばらしいひとびとだ。そして、わかるだろう、とりわけきみさ」

ペチカははっとし、そうして、ゆっくりとうなずいたんだ。その目の奥の澄んだ輝きをみたとき、ジュゼッペの胸はぺしゃんこにつぶれそうになった。でも、タタン先生ならば、ここでにっこりと笑うはず。ジュゼッペも、もちろんそうした。できるかぎりの笑顔をペチカにむけたさ。

「今夜はもう帰らなくてはね。ずいぶん、遅くなったから」

のどの塊をのみくだし、ジュゼッペはこともなげにいった。

「明日もこの時間にならでてこられる。またここで会おう」

「カーテンをあけておきますね」

「いや物騒だよ、しめておいで。私がまた窓をたたくから」

ジュゼッペはゆっくりとはしごをおりた。冷え切った足先に感覚はなく、頭痛が猿みたいに首筋にとりついてる。雪道のなか重いブーツをひきずり、肉屋のウインドウによりかかっていると、ポストのかげからふるえた声がきこえてきた。

「きみはばかだ。世界一のばかだ！」

ハツカネズミはガラスみたいな涙をこぼしながら、

「なんで、どうして、そんなことしなくちゃなんない？」

まっ白い息のなかでジュゼッペはしずかに、

「しょうがないさ、おれは」

と笑った。

「ばかげた、トリツカレ男なんだから」

＊

あれは、ほんとにひどい冬だったね。寒暖計の目盛りは底のほうで冬眠にはいった。雪はふってくる途中で氷にかわり、ぼとぼと、と陰気な音で屋根をはじいた。凍りついた道路を救急車のタイヤチェーンがふみ割っていく。動物園は閉鎖された。

そのしずかな動物園の水鳥池、もちろんまわりには誰もいやしないさ、そこに張った氷の上で、毎日ジュゼッペはホッケーの練習にはげんだ。スティックを握り、前方滑走に後方滑走。みえない相手にパス。はねかえりをレシーブ。パックをひょいと空中にはねあげるカエルとばしの技。スティックをふりあげ、バッティングシュート。最後のしめに力まかせのスラップショット。

陽が沈めば、毎晩ペチカのもとへかようのさ。そしてホッケーの魅力について語る。生徒たちへの指導のむずかしさを冗談めかしてはなす。ペチカは窓のむこうでうなずいている。ろうそくのあかりに照らしだされたペチカはぞっとするほどきれいだ。はしごの上のジュゼッペは、スティック片手に空中で、ひょいひょいっとパックをもてあそんだ。プロ選手なみの器用さでね。さすがだよ、トリツカレ男だけのことはある。

「これみてごらん」

ジュゼッペはてのひらをひらいて窓につける。

と、ペチカの顔がゆるむ。なつかしそうに、窓のむこうからガラスに手をあわせ、

「先生の指のホッケーだこ。窓あけてさわっちゃいけないの？」

「ああ」

とジュゼッペも、ガラスをそっとなでながら、

「まだ医者に、ひととの接触は禁止されているからね」

「ときどき私、先生のことばを思い出すの」

ちいさなてのひらを重ねあわせてペチカはいった。

「冬のシーズンが終わるたび、先生がいっていたことばを。この冬！　って」

おどろいたジュゼッペの顔にペチカは笑いかける。

「いつだって大きな声だったわ。この冬、氷の上で私たちが身をもって学んだ、三つの大切なことはなにか、って」

「ああ」

とジュゼッペのタタンはあいまいに相づちを打つ。

「そのいち。氷の上の私たちは、いつかきっと転ぶ」

ペチカはつづけた。

「そのに。転ぶまではひたすら懸命に前へ前へとすべる」

「そうだ、ブレーキなんてなしにね」

ジュゼッペがうなずいてみせると、ペチカは少し間をおいてからいう。

「そのさん。転ぶとき、転ぶその瞬間には、自分にとって、いちばん大事なひとのことを思う。そのひとの名前を呼ぶ。そうすれば転んでも大けがはしない。そうして転ぶことはけしてむだなことじゃない」

「そうだったね。大切なことだ」

でも正直、ジュゼッペにはよくわかんなかったんだ。トリツカレ男がホッケーの練習で転ぶわけないし、大好きなペチカの名ならいつだって呼んでいたいし。

「そうだ、先生、まだいってなかったことがある！」

ジュゼッペは顔をあげた。

「友達ができたんです、この街で。やさしいひとなの。ジュゼッペ、っていうんです」

それまでとまるでちがうペチカの調子に、ジュゼッペのタタンはめんくらっちまう。そんなことに気づきもせず、ペチカはうたうようにつづけた。

「いつもひとりで、でも街のひとにとっても好かれていて、無口だけれどなんでもよく知っていて、それにジュゼッペと知り合ってから、ふしぎなことがしょっちゅうおきるの。なんだか、とってもふしぎなことばかり」

ジュゼッペはだまりこんだまま、むりやりに笑みをつくっていた。胸が苦しい。どうしてだろう、自分のことをはなしてくれてるのに、あぶら汗がにじんでくる。おれの名前なんていっちゃだめだ、ペチカ！　口をついてそんなことばさえでそうになる。

ふとみると、ペチカははなしやめている。

「先生、ひどい顔色！」

「ああ、だいじょうぶだよ」

「ごめんなさい、わたし勝手にしゃべりつづけちゃって」

「心配ない、なにも心配ないさ」

強い北風がジュゼッペの背中をうつ。はしごがかすかにしなり、ぎいと音をたてる。

ペチカは黙っている。ジュゼッペもだ。お互い、冷たいガラス越しにてのひらをあわせながら。ガラスはふたりをわける澄んだ氷だった。それを通してジュゼッペの目には部屋のなかがうっすらとみえた。壁にはたくさんホッケーチームの写真が貼《は》ってあって、そのどれも、まんなかに、タタン先生がいるはずだ。天井にインコのかごがさがってる。黒い布きれがそこにはかけてある。

十日ほど経《た》つうち、ジュゼッペのからだに変化がおきはじめた。ほっぺたはゆるみ、以前より愛嬌《あいきょう》のある表情になった。背中と肩に、まるでこぶみたいに、堅い筋肉が盛りあがっている。足は軽い外股《そとまた》になった。からだを左右にゆらして歩く癖がついた。声さえ、かわってきた。前はさ、どっちかというとぼんやりした感じだったのが、野太くてよくひびく、ひとを安心させるようなトーンになってきた。その声で、ネズミを呼ぶんだ。

「おーい、ネズミくん。ごはんだよう」

ハツカネズミはこわごわと冷蔵庫のすみからでてくる。

「ジュゼッペ、きみ、変だよ」

「変だって？」

一瞬間をおき、腹をふるわせて大笑い、

「そんなこと、前からしょっちゅういわれて知ってるさ。ほら、きみの栄養バランスを考えてつくった特製の朝ごはんだ。強いこになるんだぞ。私をぶったおすくらいにね」

ネズミは戸惑いながら皿の料理に口をつける。これが、うまいんだな。おまけにたべてる途中から、からだに力がみなぎってくる感じがする。ハツカネズミはがつがつとむさぼり食った。ふつうのネズミみたいに皿までなめとり、ふと顔をあげると、ジュゼッペがどこかふぬけたような表情で立っている。

「ジュゼッペ？」

「ああ、きみか」

と以前どおりのぼんやりした声で、ジュゼッペは吐息をついた。

「ずいぶんからだが重いや。ここ数日、えらく疲れるんだ」

「無理するからだよ！」

とネズミはぴかぴかの皿をそっとうしろに隠しながら、

「人相までかわっちゃってる、なんていうか……ごめんよジュゼッペ、ぼく、なんだか恐《こわ》いんだ」

ジュゼッペはかすかに笑い、きみ、なにいってるかわかんないよ、とつぶやく。

「さあ、ともかく、ホッケーの練習にいかなくっちゃ」

スティックを握るや、ジュゼッペの表情は一変した。肩はぴんと張り、ネズミにもわからない外国語の歌をがなりながらホッケーのユニフォームをつけ、両腕をぶるんぶるんとふると、大股で部屋をでてく。

雪の少ない日にはときどきおもてでこどもたちにホッケーを教えた。

「ほら、パックじゃない、相手のスケートの刃をみる！　スティックのさす方向をみるんだ！」

「うまいぞ、よく取った！　天才だなきみは。さて、天才はもう休みなさい」

「わるくないフェイントだが、そんな、盗人《ぬすっと》のような目じゃいけない。堂々とするんだ。盗むんじゃない、ちゃんと自分のものを取り返すんだから！」

こどもたちはみな汗だくになってホッケーに熱中した。この太ったコーチがやってくるのを心待ちにするようになった。親たちだって窓辺から通りのホッケーを見守っている。コーチがどこへともなく去ると、通りは急に冷えこみがきつくなって、こどもたちは次々に家のなかへ飛びこむ。そしていうんだ。誰なんだろう、あのひと。なんて名だろう、みたことないよね。あんなすてきなおじさん、いつこの辺に越してきたんだろう？

スープをこぼしたおじいさんが台所で悪態をついている。

第4章　長い長い冬

まったくきちがいじみた冬だった。三月になったってのに、毎日毎日、最低気温の記録が更新されてく始末で、交通網はストップ。学校も会社も休み。昼の街路じゃ着ぶくれしたこどもたちがころころとホッケー遊びさ。そこにはむろんいつだって太ったコーチがいたよ。まんまんなかにね。

ただ、あの日がくる三日ほど前からは、火薬玉みたいなこどもたちさえ外出を許されなかった。それほどにまで冷えこんでたんだ。

重石《おもし》として、街の上にとてつもなくでかい氷が置かれてる、そんな日だった。

あの夜まだ早いうちから、ことばのわかるハツカネズミには、この冬でもとびっきりの寒さになるってことがちゃんとわかった、だから、

「いくなジュゼッペ!」

ネズミはユニフォームのすそに嚙《か》みつき、必死で止めたのさ。

「きのうから風邪気味じゃないか！」

もうろうとしながらジュゼッペは、ハツカネズミのくっついたユニフォームをかぶる。毛皮のブーツをはき、ホッケースティックに手をのばす。

床に当たって、ぽきん、とスティックの首が折れた。乾燥しきった空気、ひどすぎる低温のせい？　それともトリツカレ男の猛練習のせいだろうか？　ジュゼッペは頭をふり、かわりに古びたホウキをつかんだ。

「ジュゼッペ、ジュゼッペったら、こんな夜、おもてにでたら死んじゃうよ！」

ネズミはうしろ足をドアノブにかけ、からだをそらし、必死にいかせまいとした。でもやっぱりね、ハツカネズミだもの、力はしれてる。それにジュゼッペの体重ときたら、ここふた月で、とうに百キロを超えちゃってたし。

ネズミをぶらさげたままジュゼッペのタタンは夜の通りをいく。そっちこっちでつららがたれ、妙なかたちの氷が立ってる。自動車の下半分が、凍り付いた路面にくっついちまっている。

ホウキを杖《つえ》にしたジュゼッペの歩みはのろい。ネズミをユニフォームの下に抱き入れ、その上からそっとなでる。

なんて静かなんだろう。音までが空中で凍っちゃったみたいだ。

ジュゼッペのタタンはときどきホウキを強く握りしめ、ポケッーのなかのホッケーパックをまさぐった。すると急に力がみなぎる感じがして、歩幅も自然に大きくなった。でも、その力はまた急にしぼむ。冬の風船みたいにだ。ジュゼッペはこうひとりごちる。うーん、ホウキじゃうまくいかないのかな？　なんだか今晩は、いつもと感じがちがうみたいだ。

風邪のせいかな？

誰もいない夜の公園は、まっ白だ。ふり続いた雪がきんきんに凍ってるんだ。そう、アイスバーン、ってやつさ。

ホウキで身をささえ、ジュゼッペのタタンはよちよちと氷の上を進む。足取りはふらついてるけれど、一歩として歩みを止めたりはしない。あの派手な噴水の横を過ぎる。動物の彫刻は氷におおわれ、どれがなにやら区別がつかない。ペチカが風船を売ってたベンチの前を通る。こわれたそりが一台捨ててある。

ジュゼッペは公園を抜けた。肉屋はもちろんしまってるけど、なかで誰かが大声をはりあげるのが、シャッター越しにきこえてくる。ジュゼッペはホウキを握りなおし、一歩一歩とペチカのアパートに近づいてった。

はしごにくっついた氷を割り、窓辺に立てかけるまで三十分かかった。ときどきめまいが襲うけれど、パックに触れればなんとか大丈夫だ。おれはタタン。おれはあの立派なタタンなんだ。ジュゼッペはそうつぶやきながら、はしご段に、丸太みたいに重いブーツをのせていく。一段、また一段と。三階の窓をみあげる。胸に力がわく。おれはタタンだ。

こつこつ。

窓を叩《たた》いてみる。返事はない。

もう一度、こつこつ。

くるのが早すぎたんだろうか。しまったままのカーテンのむこうに、ろうそくの光はみえない。ペチカは市場で出店をひらいてるっていってた。この寒さだ、たぶん戻るのが遅れてるんだろう。

ジュゼッペははしごの上で姿勢をただした。深呼吸をすると、冷たい空気で肺が痛んだ。胸のネズミにはなしかけようとする。が、できなかった。上下のくちびるが凍ってくっついちまってたからだ。

ジュゼッペは窓のほうをむき、そして目をみはった。

黒いカーテンを背景に、街灯に照らされガラス窓にうつったその顔は、ずいぶん前にみたタタンの顔写真と、うりふたつだった。寒さのせいで多少しおれてはみえたけど、それは、まるでジュゼッペの顔じゃない。

白髪まじりの長髪、だんごっ鼻に銀縁めがね。がっしりした顎《あご》にはこまかな無精ひげ。たくましい首。

そして、なにかでかいものをなかにたたえた、やわらかなまなざし。

その顔は、まさしくあの立派な教師、ホッケーの名コーチ、タタン先生そのものだった。

はしごのてっぺんで頭をふり、ぼんやりを払って、ジュゼッペはガラスの顔に見入った。くちびるがひらいたとしても、なんにもいえなかったろう。ずいぶん長いあいださ、ジュゼッペは動かなかった。

「ねえ、きみ」

ハツカネズミがジャージのなかからくぐもった声をかける。

「大丈夫だろうね。気絶なんてしちゃ、いないんだろうね」

そのことばにこたえるように、きゅきゅっと胸元がもりあがって、ああ、大丈夫なんだ、と、ネズミはほっとしたんだな。

ただそのあいだ、ジュゼッペは思っていた。

よかったな、ペチカ！ってね。

もうすぐおれは、ちゃんとタタン先生になれそうだよ。からだや顔は、ほら、このとおり。気がついちゃいなかったけど、頭のなかもひょっとして、もう半分近く、タタン先生なんじゃないかなあ。そう、もうすぐだよ！このおれが、タタン先生そのひとになれる。

トリツカレ男のジュゼッペはそう思ったんだ。

そうなると、うーん、つまりおれはいなくなるのかな？　でもさ、ペチカ。哀《かな》しくなんてないよ。ほんとだったら。おれだって、ばかのくせに、こんな立派な先生になれるだなんて、ほんとに光栄だよ。それに、なによりきみが嬉《うれ》しいだろ。タタン先生の手にちゃんとさわれるんだから。

ほんとうに、さわれるんだよ。

ばかげたトリツカレ男だけどさ、なんとか少しは、きみの役にたてたってことなのかな。

このかしこい、友達のネズミがいつかいってくれたっけ。

おれが本気をつづけるなら報われることがある。なにかちょっとしたことで。

ちょっとしたどころじゃない。

きみにほんとの笑顔がもどるんだ。

よかったな、ペチカ……！

「ジュゼッペ、誰かいる！」

ネズミの声にはっとしてジュゼッペは目をあけた。まつげについた氷がぱりぱりと砕けおちる。カーテンはあいちゃいない。そよともゆれちゃいなかった。あたりはしんと暗い。街灯のなか、高はしごの上のジュゼッペと、そのふところのハツカネズミ。そのほか、ここに、誰がいるって？

「ジュゼッペ、ほら、窓にうつってる！」

ジュゼッペはもういちど窓に目を移した。そこには、はっきりと、白髪まじりの中年男、タタンの顔がうつっている。なにいってんだよ、きみ、とジュゼッペは胸のなかでネズミにいった。これはおれの顔だよ。まあ、たしかに、もうすぐおれじゃなくなるんだけど。それでもさ、まだ今んところ……。

そのとき、ガラス窓のなかに変化がおきた。

ジュゼッペは自分の目が、耳が、信じられなかった。

ネズミにもジャージのなかからちゃんとみえてたそうだ。びっくりして、くるりと巻いたしっぽをついつい嚙んじまったって。そのあとのできごとも全部、こと細かくおぼえてるって。

ふたりとも、寒さにやられちゃってた？

まぼろし？　幻聴？

そうかもしれないがね、まあ、それで説明がつかないわけじゃないけれど、ただふたりとも、あれはたしかにほんとうのことだった、今もそういって、一歩も譲らないと思う。いつか自分できいてみりゃいい。

最初のことばはね、まだ、めし食ってないだろ、だったって。

「きみは今晩、なんにもまだ、たべていないね、ジュゼッペ君」

とガラス窓にうつったタタンの顔がいったそうなんだ。

「そんなじゃ、きみのやせっぽちがいっそうひどくなる。これからは、ちゃんとたべなきゃいけないよ、基本的にはネズミ君の食事と栄養バランスは同じだ。ペチカがレシピを知ってるから、意識して鉄分を取るようにしなさい」

ジュゼッペは驚きのあまりホウキから手を離しちまう。けど、ホウキは凍った手袋にくっついたままだった。同じように、さっきからずっと、くちびるは上下とも凍り付いてる。寸とも動かしちゃいない。なのに窓ガラスの顔は、勝手に、一語ずつはっきりとしゃべってるんだ。

野太い、おちつき払った声でね。

「きみはほんとうに質のいい筋肉をしている」

いいながら、その顔は、かんでふくめるようにうなずきまでした。

「実際に私が指導できれば、と残念なくらいだ。それからネズミ君、きみは脂肪分のとりすぎだね。ピザやソーセージは、しばらく控えること。下の階のこども部屋でチョコレートをもらうのも、金輪際やめるんだ。こんなにきついことをいうのは、心臓にわるいからだよ」

「心臓？」

思わずハツカネズミもききかえしたって。

「そう、心臓だ」

それまでジュゼッペ以外、誰の耳にもきこえたことのないネズミのことばに、窓ガラスのタタン先生は大きくうなずいて、

「ひとの何百分の一のサイズの心臓しか、ないんだよ。そんなきみが、ひとと同じものをたべちゃあ、どうなる？　想像がつくだろう、ポケットに砂場の砂をぜ

んぶつめこもうとしたらどうなるか。心臓はぱん！ もちろんパンクする」

ぱん、と両手を打つ音までが窓からきこえ、その拍子にジュゼッペの手からホウキが離れた。三階下の街路にホウキはゆっくりとはねかえる。冷えこみはいっそうきびしさを増している。

「さて、ジュゼッペ君」

窓にうつったタタン先生はこちらにむき直り、

「きみのスケーティングにはまったく問題がない。ただ、スティックのグリップをこぶし一個ぶん広くしてみなさい。シュートの精度がぐんとよくなるから。ホッケーについては、これだけだ。次に、アパートの部屋の修繕だが……」

ジュゼッペとハツカネズミとは、魅入られたようにきいていた。すべてのことばが耳の奥にくっきりと刻まれていく。生きてたときはもちろんだろうが、とびきり優秀な教師だったんだな、このタタンってひとは。

タタン先生は、窓ガラスのなかから、滞ることなく話を進めてく。

ジュゼッペが読んでおくといい五冊の本。

ぜひたずねるべき三つの山。三つの海岸。

ジュゼッペでなくとも大好きになる、特製フルーツジュースのつくりかた。

ハツカネズミの楽園といわれる、南の島のありか。

ジュゼッペならきっと気に入る、酔っぱらいの年老いたホッケー選手の住所。

そしてペチカお気に入りの、外国語のことわざ。

ジュゼッペの鼻からつららが垂れ下がっている。ハツカネズミはそいつをぽきんと前足で払い、

「なんで、なんでそんなことを、ぼくたちに教えるんですか?」

「私はいなくなるからさ」

間髪いれずタタン先生はいったそうだ。

「それにね、お礼をいいたいんだ。ジュゼッペ君、きみは、たしかに無茶な男だけれど、とてつもない勇気をもっている。そのおかげでペチカは救われるだろう。

それに、この私も」

なんにもいわないジュゼッペの全身は霜に覆《おお》われ、もうまっ白だ。ひらいたま

まの目玉にだって氷がはっている。

「あの事故のとき」

と窓のタタンはつづけたって。

「事故のとき、私は、あとに残されるペチカのことを、考えてやらなかった。おびえるこどもたちを前に必死だったんだ。うしろむきに身を投げるとき、せめてあのこの名前を呼ぶべきだった。私がいなくなったあと、しばらく経《た》てば、あの生徒たちには、自分がこの先どう進んでいけばいいかがきっとわかってくる。私の死を乗り越え、今後、試合のたび集中してスティックをふるう、いいホッケー選手になれるはずだ。けれど、なんて愚かだったろう、私は大切なペチカに、なにも残してやれなかった。だから……」

氷に圧迫されジュゼッペのからだがみしみしときしむ。ハツカネズミはジャージの下で、冷えきった胸を懸命にこすりあげた。

「だから、私の一部が、あのこのこころにとりついた。私は、きれいさっぱりこの世からいなくなることができなくなった。この二年間四季がめぐっても、あのこと私は、ずっとまっ白な冬のなかにいた。長い冬さ。長すぎて、しかもひどい冬だった。けれどその冬を抜け、ようやく、きみに会えた。トリツカレ男のジュゼッペ、きみにね」

タタン先生の目から涙がにじんでいる。それは凍ることなく、ふっくらした頰に一筋ずつたれ落ちていった。

「ジュゼッペ君。私こそが、あの公園で、サンドイッチをつかんだきみを呼んだのかもしれない。私のため。ペチカのために。そしてきみは、私たちふたりにとりつかれてくれた。ネズミ君、まさにきみのいったとおり、ものの見事に。この冬の間じゅう、ジュゼッペ君、おぼえてはいないだろうが、私はきみのからだ越しにたくさんのことをペチカにはなした。ペチカもはなしてくれたんだ。あのこがきみの話をしてくれたとき、ああ、もうほとんど大丈夫だ、と私にはわかった。ペチカにはちゃんと、この世にジュゼッペ、きみがいる」

タタンは少しさみしそうに笑った。

「あのこだって、少しずつにせよまぎれもなく最初っから、きみにとりつかれていたんだよ。ありがとう。きみにはほんとうに世話になった。なんとも嬉しいことに、こどもたちとホッケーまでできたし。きみたちにはつらく寒い冬だったろうね。けど、それも今日でもう終わりだ。ほんとうにありがとう。ジュゼッペ君。私はやっとこの世からいなくなる」

と、腕時計に目をやる。

「そろそろ時間だ。なんとか間にあったようだ」

ネズミはたずねる。

「どういうことですか？」

「ほら、きこえないかい、あの音が。遠くから近づいてくる甲高いサイレンが」

サイレン？　ネズミは耳をすます。ほんとうだった。ロープウエイの、あの事故のときのような、ただの慰めじゃない。かすかに、でもはっきりと、冬の夜の凍《い》てついた空気をふるわせてサイレンの音がきこえる。しかも、だんだんと大きくなってくる。

窓ガラスのタタンはいった。

「最後にひとつだけ、きみに勇気をふるって、してもらわなくちゃならないことが残ってる」

サイレンが公園の角を曲がるのがわかる。

「わかるだろう」

窓のなかのタタンはしっかりとこちらをみている。

「トリツカレ男の勇気で、私を、彼女のなかの死を、きれいさっぱりふり払うための、たったひとつの方法だ」

「そんなの、わかんないよ」

とハツカネズミは声をあげる。

「そんなこと、急にいわれたって」

タタン先生は哀しげにほほえみ、ゆるぎない口調でいった。

「ジュゼッペ君にはわかってるよ」

肉屋の角を自動車が曲がった。派手にスピンしかけながら、猛スピードでつっこんでくる。

ガラスにうつったタタン先生がうなずく。

ハツカネズミの頭の上にばらばらと氷が落ちた。みあげると、ジュゼッペが懸命に口をひらこうとしてるところだった。

「タタン先生」

血のにじんだくちびるの隙間《すきま》から、ジュゼッペの声がもれた。

「おれ、あんたにとりつかれて、ほんと、よかったと思ってます」

「ジュゼッペ君」

と窓にうつったタタンはいった。

「ぜひきみとホッケーをやりたかったな。最強のチームになったろう」

自動車のドアがあく。誰かが氷の上をわきめもふらず走ってくる足音が、うしろからきこえてくる。

ジュゼッペはもう一度、ガラス窓をみた。その顔は黙ってる。じっとこちらをみつめている。自分の凍ったくちびるから、さよなら、とつぶやき声がもれるのをジュゼッペはきいた。ジュゼッペは迷わなかった。

迷うことなく高はしごを蹴《け》り、てっぺんからうしろむきに身を投げた。

背中の先で悲鳴がひびきわたる。

落ちていきながらジュゼッペは凍ったからだを丸めた。道路はこちこちに凍り付いてる。空中で、ペチカ、とジュゼッペは小さく名前を呼んだ。すると、それにこたえるように、

「ジュゼッペ！」

と大きな声がうしろからしたんだ。

ジュゼッペは力を抜き、そっと目をつむった。

そう、そのとおりさ。

三階の高さからまっさかさまに落ちたトリツカレ男のまっ白な背中を、か細い両腕がしっかりと抱きとめた。そこにそうして収まることが、まるで最初からきまっていたかのように。ジュゼッペ、ジュゼッペ！その声はたしかにそう呼んでいた。タタン先生、じゃなかった。ジュゼッペ、こっちをむいて！ああ、たいへん、ジュゼッペったら！

「ああ、ジュゼッペ！」

凍りついた首は動かない。古いホウキがはしごの脇《わき》に転がっている。

ペチカはジュゼッペを抱いたまま、トリツカレ男顔負けの三段跳びで、三階まで一気に駆けあがった。

全身のひどい凍傷。肺炎。気管支炎とぶりかえしたぜん息。

胸元に小さなハツカネズミ。

ユニフォームのポケットにはホッケーのパック。

これだけのものと一緒に、トリツカレ男のジュゼッペは、はじめて、大好きなペチカの部屋にはいることができたってわけさ。

第5章　ことの次第

天井は深い紺色に塗られている。ペチカの故郷の空の色だ。そいつはペンキで飛ばしたちぎれ雲でわかる。

このベッドで自分がまるまる三日も寝こんでたあいだ、あのこはいったいどこで眠ってたんだろう、紺色の天井をみあげながら、ジュゼッペはぼんやりとそんなことを考えてた。あとで知ったことだが、繁華街の高級ホテルに、ツイスト親分が部屋をとってくれてたってわけで、そこから毎日、陽がのぼる前にペチカはやってきて、スープをつくり、包帯をかえ、枕《まくら》カバーをとりかえたあと、ようやく裁縫の仕事にとりかかる。

急に動くと、まだのどや肺の奥がひりひり痛む。凍傷も含め、全治一ヶ月だな、とお医者はいった。当面は絶対安静だ。

頭を横にむけるとそこにはペチカがいる。椅子《いす》にすわって、ときどき居眠りをしている。無理もないんだ、ホテルに戻ったって、ジュゼッペが心配で一睡もできやしないし。

ペチカには休みが必要だった。ベッドに横たわるジュゼッペ、その枕元で、はじめてペチカはこころからほっとし、一切の憂《うれ》いもなく、安らかな寝息をたてることができたんだ。

四日目の午後、呼び鈴がけたたましく鳴って、頭にスカーフを巻いたでぶのおばさんが腰をふりふりはいってきた。まみどりのツーピース、てかてかの口紅、そしてなによりとんちきなのは、銀の花飾りがついたどでかいサングラスだ。

ペチカは立ちあがり、両の手をひろげ、

「かあさん！」

と抱きついた。

「ペーチカー……」

と低い声で、ペチカママはうたったね、娘の背中をさすりながら。そして早口

の外国語で、

「あらいけない、ついついいつもの癖がでちまって。挨拶《あいさつ》までうたうこたないやね。でもさペチカ、お前もどうだい、歌？　この世に朝がくるよ！　歌は生きかたをかえるよ！」

ペチカはくすくす笑っていった。私だって歌は好きだけれど、今はちょっと遠慮しとく。

「せんせ」

と今度はジュゼッペの枕元に駆けよったペチカママ、うるんだ目、ぶーっと鼻をかみ、親子ともども、ほんとお世話になりまして！　ぺこんと頭をさげる。

「せんせ、ってのは、やめてください」

ジュゼッペは包帯の隙間《すきま》から声をだす。

「そちらのぜん息は、すっかり、よくなったみたいですね」

「そうなの。おーらお、らら、うたーが、るらろ、なおしーてくれーたー、うらー」

アルトどころかテノール、いやバスだね、まちがいなくバス。

「サーングラースもー、ぱぱ、おーきに、いりでー、ぱやぱ」

ツイスト親分のキャバレーで、街いちばんの呼び物、ペチカママーズがデビューするのは三ヶ月のちだが、ごめん、これまた別の話だったな。

「ジュゼッペは今朝からようやく上半身を起こせるようになったのよ」

ペチカは胸の前で手をもみ、

「だからね、かあさん。おねがい、あんまり疲れさせちゃだめなの」

「そりゃもう、むろんそうでしょうよ」

ペチカママはそういって、娘の椅子にかけた。椅子は巨大な尻《しり》の下にすっぽりうまってみえなくなった。

「わかってるったら。ただ、一言、お礼をいいにきただけなんだから」

そしてペチカママは、日暮れまでしゃべりつづけたんだ。こんなぜん息もち、きいたことあるかい？　ただまあ、ママさんの長い話と、ところどころのペチカの合いの手で、ジュゼッペにも、マット下のネズミにも、ことの次第がすべてのみこめたってわけなんだが。

＊

ペチカって娘は、もともと迷信ぶかいほうじゃなかった。占いやまじない、死後の世界なんて話、はなっから関心がなかったし、それより、目の前にひろがるこの世のなかで、自分が、自分の大切なひとたちがどう暮らしていくか、そのことだけで頭がいっぱいだった。裁縫、お弁当作り、学校での手伝い、大切なホッケーチーム。母さんの転地治療のためこっちの街へきても、当座はおなじだったって。あわただしい雑踏、慣れない外国語、仕事、それに病気見舞。この世は忙しく、ブレーキをかける暇なんてなかった。ペチカは一心にすべりつづけた。もうしばらくすればタタン先生に会える、って、その思いだけをばねに、この世をキックしつづけたのさ。

けれど、事故について知らされたとき、生徒全員の連名でかかれたその手紙を読み終えた瞬間、ペチカは転んだ。足元のスケートリンクがみえなくなった。自分のなかに、どうしたってあの事故を、裸の現実を、そのまま見すえる勇気なんてわいちゃこない。この世のひどさ、現実ってもののいやらしさから目をそむけていたい、ペチカは本気でそう願った。

友達ができない？ ちがった。欲しくなかったんだ。自分とかあさん、このふたりだけでじゅうぶん、私の世のなかは精一杯！

ペチカは二年の間、たったひとりで暮らした。昼間はほとんど無言だった。ペチカママを見舞にいっても、しゃべらない娘とぜんそくの母親、ふたりはちらちら目線を交わしあうだけだった。

夜になれば、タタンの写真ににこにことはなしかけた。今日の試合はどうでしたの？ 私ならそんなにたべなくて大丈夫。今年の合宿地はどこを選んだんですか、ねえ、タタン先生。

噴水のところで、サンドイッチ片手にとぼけた顔をした男をみかけたとき、どうして自分が笑ったのか、ペチカにはわからなかった。いつのまにか、胸の奥がふくらむように笑みがでてたんだ。

今日私笑ったのよ、とその夜ペチカはタタンの写真にいった。

数日後、動物園で、突如あらわれたその男は風船を集めてくれた。

ジュゼッペ。

男はこう名乗った。

このひとは大丈夫だ、という気がなぜかした。このひとは、このひどい世のなかとあまり関わりがないみたい。このひとになら、私の小さな世のなかの話をしたってかまわないわ。翌朝、人ごみのなかでその男を前にしたとき、ペチカの口は自然に動いた。うわの空のうち、自分の声がこう呼ぶのがきこえた。

ジュゼッペ。

すると男は親しんだことばで、ともだちになりたい、といった。

堰《せき》を切ったように、ペチカはしゃべりだしていた。自分のたどってきたこれまで、それに将来の大切な夢。この世のいやなこと以外ならすべてはなせそう、とペチカは思った。ジュゼッペはりんごをくれた。ペチカはこの街ではじめて食べ物がおいしいと感じた。写真のタタンの前にもりんごを置いた。

口数は少ないものの、ジュゼッペは楽しい男だった。きき上手だし、公園や通りでしょっちゅう声をかけられる様子からも、街のひとにとっても好かれてるってことがわかる。それに、ジュゼッペと知り合って以来、自分のまわりにふしぎなことが立て続けに起きて、自分の手が届かないこの世のなかだって、いつもかわらず最悪、ってわけじゃないのかも、って、そんなふうに思えるまでになってきた。ペチカは公園や市場のひとと冗談をかわした。インコの羽根は明るい色に抜けかわっていった。

タタン先生がはじめて窓辺にきた夜。

ペチカは、よくおぼえちゃいないくらいに取り乱してしまった。先生に会いたい。信じちゃいなかったその願いが、この世でほんとうにかなえられるなんて。頭がどうかなっちゃったのかしら。それとも、ひょっとして幻覚なの。けれど、窓のむこうのタタン先生がこういってくれたとき、

「私のとりつかれているものは、とりわけきみさ」

ペチカのこころはすとんとおちついた。ずっとききたかったそのことば。信じよう、と思った。目の前のタタン先生を、信じなきゃ。生き返ったんじゃない。タタン先生は、死んでる。まちがいない。それでも、死んだひとのことばだから信じられない、なんてことはないもの。

昼になるとペチカは市場でジュゼッペをさがした。事故のこと、タタン先生のことを、いっちゃうかも、って予感がした。どうしてだかわかんないけど、なんだか、今なら全部はなせそう。ジュゼッペはびっくりするだろうけれど、結局はたぶん、よかったね、って笑ってくれるはず。

けれどジュゼッペはどこにもいなかった。あんなに毎日会ってたのに。ペチカは拍子抜けして、外国にでもいってるのかな、なんて思った。そして仕事に精をだし、夜は窓辺でタタン先生を待った。

あの日の朝、手製の白いオーバーを着て、ペチカは市場にでかける途中だった。寒い国で育ったペチカでさえ足をとられるほどの雪だ。通りのむこうから、親分がきた。シャツ一枚の薄着で。板の先がくるるんと上をむいた妙ちきりんなスキ

ーをはいて、

「おう、よう、旦那《だんな》はどうしたい！」

そう声をかけてくる。

借金がらみで見知ってはいたが、この親分って何するかわかんない、そう思ってたので、ペチカは無視して通りすぎようとした。

「よう、つれないじゃねえか、おれの親友の嫁さんが！」

何いってるの、この変なギャング。歩を進めながらペチカは、

「私が、誰の、奥さんですって？」

「こいつは驚いた！」

ツイスト親分はスキーもうまかった。すっとなめらかにペチカの横について、

「あんたよう、ペチカ、自分の旦那だぜ、トリツカレ男のジュゼッペを、しらねえわけない、でしょうが」

どすを利《き》かせるつもりが、間近でみるペチカにどぎまぎして、ついついていねい口調になってる。が、驚いたのはペチカも同じだった。旦那？　親友のジュゼ

ッペが？　しかも、え、なに男って？

「ようよう、冗談じゃねえぜ」

ツイスト親分は立ち止まり、世に名高いトリツカレ男のばかげたとりつかれっぷり、夢みたいな伝説のいくつかを、知ってるかぎり片《かた》っ端《ぱし》からはなした。数はしれてたけど。それでもペチカの目は白黒。親分はむろん、彼女の借金と標本にまつわる話もした。

「どうして」

ぽかんとペチカの口がひらく。

「どうしてジュゼッペがそんなことを？　それにジュゼッペはばかじゃないわ。ほんとにおとなしい羊みたいなひとよ」

かーっ、どうしようもねえ！　ツイスト親分はもじゃもじゃパーマをかきむしるや、たぶん誰よりもジュゼッペにくわしいあのご主人のいるレストランまで、ペチカを引っ張っていった。

「はなしてやってくれ！」

とツイスト親分は身もだえしながら、

「はなしてやってくれよじいさん、早いとこ全部、おれの親友の、あのすばらしいばかさかげんをよ!」

テーブルについたペチカをしみじみとみつめたあと、嬉《うれ》しそうに、ご主人ははなしはじめた。ご主人の発音は、外国人のペチカにも、なぜだかやさしく、とってもききとりやすくひびいた。話をききながら、ひさしぶりに腹の底からペチカは笑った。

ジュゼッペ、おかしなひと!

そんなに熱心に、いろんなものにわけもなく、途方もなくとりつかれちゃうなんて。無口で、おだやかなひとってばかり、私は思ってたのに。

三段跳びに、探偵ごっこ。

外国語? そうか、だから私にはなしかけてくれたんだ。

なぞなぞ。ナッツ投げ、って、それなに?

ハツカネズミの飼育? ああ、ジュゼッペの飼ってるあのきれいなネズミね。

ほんと愉快。めがね集めにオペラ。

　えっ？

「めがね集めに、オペラですって！」

　椅子《いす》をけたおす勢いでペチカは立った。

「あのサングラスコレクションに目をつけたってよ、ペチカ、もう手遅れだぜ」

　親分はくるりとステップをきりながら、

「なんでも誰かにまとめてくれてやったらしいがな。まったくばかだよ。おれにあずけりゃ、プール付きの屋敷一軒、建ててやったのに」

　ペチカは最後までできいちゃいなかった。いざというとき度胸がすわるって、これはジュゼッペにそっくりだが、街をたばねるツイスト親分にむかってすいと顔を寄せると、

「ね、親分って、ジュゼッペの親友ね？」

「ああ、そうだぜ、この街はやつの街……」

「じゃ、親友の親友は、親友ってことになりません？」

「むろん、そうなるだろうな」

ペチカは親譲りの早口でいった。大至急、スピードのでる自動車を一台用意して、私を山へ、ドライブに連れてってほしい。連れてきなさい、と断固たる口調で。

三分後、雪煙をあげて、冬のラリー用レースカーが遠ざかっていくのをみおくりながら、レストランのご主人は、

「やれやれ、ジュゼッペのきもちが、今度ばかりはわしにもくっきりわかるぜ」

首を横にふって笑った。

「ありゃ、とりつかれるさ！」

療養所に着いたころには、夕方時分になってたそうだ。駐車場にまでとんまな歌声がぶわぶわときこえてくる。

ひと月も前から、ペチカの母さんには、小声でならはなしていい許可がおりて、でもいいの、とペチカはママさんの口を右手でおさえ、うなずくか、首をふるかでこたえてね、といった。秋の公園で、ふたりで撮った写真をペチカは取り

だし、

「母さんがいってた、さすらいのお医者さまは、このひと？」

ペチカママは水浴びの象みたいに、左右に激しく首をふった。

「そう……」

とペチカは気弱そうに笑い、

「そうよね、そんなことあるわけ……ちょっと！　なにするのよ母さん！」

ペチカママはサインペンで写真に落書きをしていた。顔の下をぎっしり覆《おお》うひげ、包帯のようなバンダナ頭。ママさんは娘の手を払いのけ、膝《ひざ》の上の写真を指さすと、

「まーちがいないねー、こーのかーただよー、ペチカー！」

バス声でうたったのさ。

ペチカは、うれしさとはずかしさのあまり、卒倒しそうになった。うれしいのは、ジュゼッペのおこないが誇らしかったから。はずかしいのは、そんなジュゼッペに、今までぜんぜん気づかなかったから。

「どこにいるんだろう、ジュゼッペ」

とペチカはひとりごちた。

「今度会ったら、いっぱいいっぱい、お礼しなくちゃ」

そのとき隣のベッドで、サングラスをかけたこどもが、やった、と叫んだ。ぴょんぴょん跳びはねるその耳に、イヤーフォンがさしてある。看護婦さんが、こら……とオペラ口調で歩み寄る。ラジオはー、らら、きんしってー、ららん、いってあるでしょうにー。

「だぁーってー、とららん、たいーかーいのー、ららん、けぇっしょうせーんなーんだーよ、ららん！　かーれーがー、とららん、ゴールーを、きめたーよーっ、ららん、たーったー、いまー！」

ああ、そうだ、とペチカは思い出した。今夜は、プロホッケーの世界一を決める決勝戦がある。このこが今応援してる、有名なあのフォワード選手は、たしかタタン先生の教え子なんだわ。ペチカの学校にくる前、タタンはプロチームの選手兼コーチだった。雑誌に載ってた彼の写真を、幼かったペチカは切り抜き、ノートにはさんでいたもんさ。ものすごいスラップショットを打つので、先生の手はいつだって、たこでごわごわになっていたんだ。

ペチカは、あのてのひらを思い出す。そうだわ、ゆうべ会った先生のホッケーだこも、ずいぶんひどくなってたっけ。ガラス越しにでも私にはわかる。練習のあとにはいつも私がたこを削った、なつかしい先生のてのひらだもの。

先生の手？

ペチカは息をのんだ。ひざがかすかにふるえだす。

何十枚もの写真、それに実際にリンクでみたプレイぶり、どれを思い返してもタタン先生のスラップショットはからだの右側から打ちこまれてた。そりゃそうさ、だってタタン先生は、右ききなんだから。

じゃあ、いったいどうして。

どうして、毎晩やってくる先生のひどいたこは、左のてのひらにできてるの？

ペチカは頭のなかで、懸命に記憶をたぐっていった。

あのはなしぶり、あたたかい笑顔。まちがいないわ、あれはタタン先生本人。

栄養、旅行、書物の話題。こどもたちとその親についての他愛《たわい》のない悪口。あれがタタン先生じゃないなんて、そんなこと、ありえるわけがない。

「ペーチカー、みーずをのむかーいー?」

ペチカママは朗々とうたった。

「おまえ、ひーどーいー、ばばばん、かおいーろー、だーよー」

ペチカの頭のなかで、いろんな景色がくるくると回った。はしごの上でタタン先生は見事にスティックをあやつっていた。左手で。曇ったガラスにホッケーのフォーメーションをかいてみせた。左の指で。窓ガラス越しに、たこだらけの分厚いてのひらを、ペチカの小さな手に重ねあわせた。そのあたたかみはまだペチカの指に残ってる。あれは、そう、まちがいなく、左のてのひら。

毎晩あんな寒い、凍り付くなかをひとりきりでやってきて、高い高いはしごにのぼり、私にはなしかけときどき叱《しか》り……タタン先生以外に、誰がやるっていうの。あんなばかげたこと。死んだ先生の真似《まね》なんて。まるでなにかにとりつかれたみたいに。

とりつかれたみたい？

「ジュゼッペ！」

ペチカは叫んだ。背筋がぴんとはねあがる。

もうすべて、なにもかもわかった。あらゆるものがペチカにはみえた。

左、左、右！　トリツカレ男の見事な三段跳び。

自分の足元に、もうずっと前から張られている、澄みきった美しいこの世の氷。

氷の上で、ペチカの足はふるえもせず、きれいにぴんとのびてるさ。自分はとっくに新しいスケート靴をはいている。それはとてもよく足になじむ。それはブレーキなしにひたすら懸命に前へ前へとすべる。そしてそれは、ペチカが転ばないよう、氷と彼女との間に歯をくいしばって立っている。

私のとりつかれているものは、とりわけきみさ。

「ジュゼッペ、ジュゼッペ、ああ、ジュゼッペ！」

ペチカは床を蹴《け》った。唖然《あぜん》とするママさんを残し、待合室へと突進した。ダンス雑誌をひらいてる親分の腕をちぎらんばかりにつかみ、レーシングカーに放りこむ。外はもう暗くなってた。たぶんこの冬いちばんの寒さだ。

「ジュゼッペ、ジュゼッペ、なんてこと、ああ、ジュゼッペ！」

運転はペチカがしたんだ。雪の斜面でいっそうのスピードをあげ、まっしぐらに進んだ。緊急用のサイレンを鳴らすよう、助手席の親分をどなりつける。

「ギャングだったら、それくらいのもの、積んでるでしょ！」

まっ暗な真夜中、氷の街にすべりこんだラリーカーは、道幅いっぱいにふくらみつつ角々を曲がり、ばかげたスピードで街路をつっぱしった。躊躇《ちゅうちょ》せず、公園の敷地に飛びこみ、アイスバーンをジャンプしていく。

とうとうアパートがみえてきた。窓辺には、はしごと凍り付いたまま、まっ白になったジュゼッペがいた。ひと、ってよりそれは、高い空の上で白くかたまった何かにみえた。ペチカは自動車から飛びだし、氷の上を全速ですべってく。途中で、なつかしい誰かの声が、さよなら、といった気がした。ペチカの足にはいっそうの力がこもり、ブレーキなんてなしに、ひたすら前へ、前へ、足元の氷をしっかりと蹴《け》りあげた。

白いジュゼッペが落ちてくる、そのときね、ペチカはたしかにきいたんだ、ジュゼッペが自分の名前を呼んでくれたのを。ペチカは大声で叫んだ。

「ジュゼッペ!」

受け止めたジュゼッペのからだは、まるで雪玉みたいに軽かった、たぶん私の半分しかなかったわ、とペチカはあとでおおげさに頭をふった。わしを迎えにきたのが雪道用ラリーカー、それにこのとんでもない娘さんでなけりゃ、あのばかな若者はまちがいなく死んでたね、お医者はそういって眉《まゆ》をあげしみせた。

＊

ママさんの帰った翌朝早く、スープ皿片手にペチカは、寝床にむかって腰を折り、

「いっぱいお礼しなくちゃね」

といった。

ジュゼッペはからだを起こし、

「おれこそ、こんな……看病なんてさせちまって」

「黙って！」

とペチカはしかめっ面《つら》をし、またすぐに表情をゆるませ、

「とにかく、全快するまでは、うちにいてもらいますからね！」

水をくみに廊下へでたペチカの、遠ざかっていく足音をたしかめると、ハツカネズミはマットの奥からくすくす笑って、

「お礼なんかじゃあないね」

といった。

「あれはお礼なんかじゃない」

「うるさいなあ」

とジュゼッペ。

「病人の前だぜ、もうちょっと静かにしてくんないかな」

今朝はレストランのご主人からじゃがいもをいただいたの、と、廊下からペチ

カの声がひびいてくる。どんなお店だっておじぎして通る、母さん直伝のじゃがいもスープ、期待しててね！

「やれやれ」

ハツカネズミの声は本気で呆《あき》れてるようだった。

「ばかげたトリツカレ男に、ばかげたトリツカレ女が、そろったってわけか！」

ジュゼッペは枕《まくら》に頭を沈めた。かごのなかのインコは、たしかにネズミがいったとおり、頭がゆるんでいるらしく、がっこ、ががっこ、としか鳴かない。ジュゼッペは壁から目をそむける。そこに貼《は》られた写真をみたくなかったんだ。

そりゃ、もちろん、照れくさかったからさ。

どこからかき集めたのか、陸上競技会、探偵姿、アイスホッケーのだぶだぶのジャージ、オペラを朗々とうたってる……あらゆるジュゼッペのトリツカレ写真が、壁一面をうめていた。そしてまんなかには、公園で撮ったふたりの写真、ペチカママの落書きつきさ。

「できあがった、わよーう！」

とうたいながらペチカが部屋にはいってくる。

「ちょっとたくさん作りすぎたけど、全部たべてね、ジュゼッペ」

「ねえ、ペチカ」

とジュゼッペはたずねた。

「雪はまだ残ってるかい?」

ペチカは窓の外をみおろす。

「ええ、残ってるわ」

「でも、空はよく晴れてるんだね」

「わあ、どうしてわかるの」

ふりむいてペチカは笑った。

どうして? そんなの、ペチカの笑顔をみりゃすぐわかる。かすかなちり、ほこりほどのくすみもない、晴々としたペチカの笑顔をみれば。

わかるだろ。

完璧《かんぺき》な春がきたのさ。

最終章　特別サービス

その後の顚末《てんまつ》を教えろって？

そういうの性に合わないんだが、まあね、あれからいろいろあったことだし、今回は特別にサービスしとくかな。

ペチカママが歌手になった、って話はしたよな。すごいんだぜ、最近は国立歌劇場でうたってるらしい。世界ツアーの噂《うわさ》まである。レコードジャケットの写真をどうするか、ママーズと会社との間で、ひどくもめてるらしいけどさ。

ツイスト親分は、虫をめぐる銃撃戦で、下腹に大けがを負った。で、踊れなくなっちゃ、元も子もない、ってんで、一線からあっさり身を引いた。昆虫よりギャングより、ツイスト親分はやっぱり、ツイストの親分なのさ。本場に渡った、ってきいたんだが、ツイストの本場ってどこだい？　こっちが教えてほしいや。

レストランはなんにもかわっちゃいない。ご主人も、常連客も昔のまんまさ。でもね、なんにもかわるところのないレストランって、実際、すばらしいものなんだぜ。

肉屋？　ああ、気のいい肉屋か。奥さんとこども三人を残し、洗濯屋の小娘と駆け落ちをしたよ。競馬場でたしかノミ屋をやってる。

ハツカネズミはたくさんのこどもを、あちこちにつくった。いつかあんたがこの街にきたとき、下水や天井裏から、ぺちゃぺちゃはなし声がきこえてくるかもしれない。耳をすましてみろよ。こども全員、親に輪をかけた皮肉屋だから、何いわれても腹立てないようにな。当のハツカネズミは今も元気で、読み書きにくわえ、最近は絵も描くそうだ。しばらくは休暇で、ハツカネズミの楽園とやらにいってるらしいぜ。ここにかかれた話だってさ、実のところ、ずいぶんネズミからの絵はがきにネタをいただいたんだよな。

おれ？　おいおい、いやらしいやつだな。秘密だよ。51ページにもさ、ちゃんとかいてあるだろうが、秘密って。だめだよ、そんなとこからのぞいたって、なんにもみえやしないから。

そしてだな、この場につどった、ちょっぴりひねくれた皆々さんが、お知りになりたいこといやあ、ああ、わかってるよ。ジュゼッペがペチカの次にとりつかれたものはなにか。ずばりだろ。思ってるよな、こんなできすぎた結末、ばかみたいだぜ、って。なあにが完璧《かんぺき》な春だ、浮かれてんじゃねえ、って。三段跳びをはじめたときみたいに、あるときふっとジュゼッペは、なにか別のものにとりつかれるはずだ、それこそトリツカレ男ジュゼッペさまさまの生き方だ、って。

つまりこういいたいんだろ？

おーいジュゼッペ、トリツカレ男！　今度はなんだい？　いったい何にとりつかれてるんだい！

ごめん。

期待をうらぎってもうしわけないが、残念ながら、そうはならなかった。まあ待ってくれ。ものを投げるな。考えてもみてほしい。問題はジュゼッペひとりじゃない。ペチカ。この娘さ。忘れてないか？　この娘だって、結局、ばかげたトリツカレ女だったってことをだよ。

あのふたりは今でも、世界最強の磁石みたいに、世界一堅い氷に包まれてるかのように、互いにがっしりとりつかれあってる。去年ふたりで、念願のパン屋をひらいたよ。

ああわかったさ。もったいつけてわるかった。パン屋までの地図をかいてやるから、な、それで勘弁してくれよ。

そこ、うまいのかって？

ジュゼッペとペチカの、その店の名物はだな、ごくふつうのふわふわパンなんだ。両手でもってまんなかを割ってみな。綿菓子みたいな湯気があがるから。まあ、おれの思うところ、この世のなかに、あの湯気ほどのごちそうはほかにないね。

この作品は二〇〇一年十月ビリケン出版より刊行された。

いしいしんじ著
ぶらんこ乗り
ぶらんこが得意な、声を失った男の子。動物と話ができる、作り話の天才。もういない、私の弟。古びたノートに残された真実の物語。

いしいしんじ著
ポーの話
あまたの橋が架かる町。眠るように流れる泥の川。五百年ぶりの大雨は、少年ポーをどこへ運ぶのか。激しく胸をゆすぶる傑作長篇。

町田そのこ著
ぎょらん
人が死ぬ瞬間に生み出す赤い珠「ぎょらん」。噛み潰せば死者の最期の想いがわかるというが。傷ついた魂の再生を描く7つの連作集。

川上弘美著
おめでとう
忘れないでいよう。今のことを。今までのことを。これからのことを——ぽっかり明るくしんしん切ない、よるべない十二の恋の物語。

川上弘美著
パスタマシーンの幽霊
恋する女の準備は様々。丈夫な奥歯に、煎餅の空き箱、不実な男の誘いに喜ばぬ強い心。女たちを振り回す恋の不思議を慈しむ22篇。

川上弘美著
なめらかで熱くて甘苦しくて
それは人生をひととき華やがせ不意に消える。わきたつ生命と戯れながら、恋をし、産み、老いていく女たちの愛すべき人生の物語。

モンゴメリ
村岡花子訳

赤毛のアン
—赤毛のアン・シリーズ1—

大きな眼にソバカスだらけの顔、おしゃべりが大好きな赤毛のアンが、夢のように美しいグリン・ゲイブルスで過した少女時代の物語。

重松清著

きよしこ

伝わるよ、きっと——。少年はしゃべることが苦手で、悔しかった。大切なことを言えなかったすべての人に捧げる珠玉の少年小説。

町田康著

夫婦茶碗

あまりにも過激な堕落の美学に大反響を呼んだ表題作、元パンクロッカーの大逃避行「人間の屑」。日本文藝最強の堕天使の傑作二編！

角田光代著

キッドナップ・ツアー
産経児童出版文化賞・路傍の石文学賞受賞

私はおとうさんにユウカイ(＝キッドナップ)された！　だらしなくて情けない父親とクールな女の子ハルの、ひと夏のユウカイ旅行。

角田光代著

さがしもの

「おばあちゃん、幽霊になってもこれが読みたかったの？」運命を変え、世界につながる小さな魔法「本」への愛にあふれた短編集。

吉本ばなな著

とかげ

私のプロポーズに対して、長い沈黙の後とかげは言った。「秘密があるの」。ゆるやかな癒しの時間が流れる6編のショート・ストーリー。

阿川佐和子・角田光代
沢村凜・柴田よしき
谷村志穂・乃南アサ 著
松尾由美・三浦しをん

最後の恋
つまり、自分史上最高の恋。

8人の女性作家が繰り広げる「最後の恋」をテーマにした競演。経験してきたすべての恋を肯定したくなるような珠玉のアンソロジー。

水村美苗著

本格小説
読売文学賞受賞（上・下）

優雅な階級社会がまだ残っていた昭和の軽井沢。孤児から身を立てた謎の男。四十年にわたる至高の恋愛と恩讐を描く大ロマン小説。

恩田陸著

六番目の小夜子

ツムラサヨコ。奇妙なゲームが受け継がれる高校に、謎めいた生徒が転校してきた。青春のさらめきを放つ、伝説のモダン・ホラー。

恩田陸著

夜のピクニック
吉川英治文学新人賞・本屋大賞受賞

小さな賭けを胸に秘め、貴子は高校生活最後のイベント歩行祭にのぞむ。誰にも言えない秘密を清算するために。永遠普遍の青春小説。

星野道夫著

イニュニック［生命］
―アラスカの原野を旅する―

壮大な自然と野生動物の姿、そこに暮らす人人との心の交流を、美しい文章と写真で綴る。アラスカのすべてを愛した著者の生命の記録。

星野道夫著

ノーザンライツ

ノーザンライツとは、アラスカの空に輝くオーロラのことである。その光を愛し続けて逝った著者の渾身の遺作。カラー写真多数収録。

村上春樹著

蛍・納屋を焼く・その他の短編

もう戻っては来ないあの時の、まなざし、語らい、想い、そして痛み。静閑なリリシズムと奇妙なユーモア感覚が交錯する短編7作。

村上春樹著

辺境・近境

自動小銃で脅かされたメキシコ、無人島トホホ潜入記、うどん三昧の讃岐紀行、震災で失われた故郷・神戸……。涙と笑いの7つの旅。

村上春樹著

ねじまき鳥クロニクル
読売文学賞受賞（1〜3）

'84年の世田谷の路地裏から'38年の満州蒙古国境、駅前のクリーニング店から意識の井戸の底まで、探索の年代記は開始される。

村上春樹著

神の子どもたちはみな踊る

一九九五年一月、地震はすべてを壊滅させた。そして二月、人々の内なる廃墟が静かに共振する——。深い闇の中に光を放つ六つの物語。

村上春樹文
大橋歩画

村上ラヂオ

いつもオーバーの中に子犬を抱いているような、ほのぼのとした毎日をすごしたいあなたに贈る、ちょっと変わった50のエッセイ。

村上春樹著

海辺のカフカ（上・下）

田村カフカは15歳の日に家出した。姉と並んだ写真を持って。世界でいちばんタフな少年になるために。ベストセラー、待望の文庫化。

P・オースター
柴田元幸訳
幽霊たち
探偵ブルーが、ホワイトから依頼された、ブラックという男の、奇妙な見張り。探偵小説？　哲学小説？　'80年代アメリカ文学の代表作。

P・オースター
柴田元幸訳
孤独の発明
父が遺した夥しい写真に導かれ、私は曖昧な記憶を探り始めた。見えない父の実像を求めて……。父子関係をめぐる著者の原点的作品。

P・オースター
柴田元幸訳
ムーン・パレス
日本翻訳大賞受賞
世界との絆を失った僕は、人生から転落しはじめた……。奇想天外な物語が躍動し、月のイメージが深い余韻を残す絶品の青春小説。

P・オースター
柴田元幸訳
偶然の音楽
〈望みのないものにしか興味の持てない〉ナッシュと、博打の天才が辿る数奇な運命。現代米文学の旗手が送る理不尽な衝撃と虚脱感。

P・オースター
柴田元幸訳
リヴァイアサン
全米各地の自由の女神を爆破したテロリストは、何に絶望し何を破壊したかったのか。そして彼が追い続けた怪物リヴァイアサンとは。

P・オースター
柴田元幸訳
オラクル・ナイト
ブルックリンで買った不思議な青いノートに作家が物語を書き出すと……美しい弦楽四重奏のように複数の物語が響きあう長編小説！

新潮文庫の新刊

永井紗耶子著
木挽町のあだ討ち
直木賞・山本周五郎賞受賞
「あれは立派な仇討だった」と語られる、あだ討ちの真実とは。人の情けと驚愕の結末が感動を呼ぶ。直木賞・山本周五郎賞受賞作。

武内 涼著
厳島
野村胡堂文学賞受賞
謀略の天才・毛利元就と忠義の武将・弘中隆兼の激闘の行方は――。戦国三大奇襲のひとつ〝厳島の戦い〟の全貌を描き切る傑作歴史巨編。

近衛龍春著
伊勢大名の関ヶ原
男装の〈姫武者〉現る！ 三十倍の大軍毛利・吉川勢と戦った伊勢富田勢。戦国の世を生き抜いた実在の異色大名の史実を描く傑作。

望月諒子著
野火の夜
血染めの五千円札とジャーナリストの死。木部美智子が取材を進めると二つの事件に思わぬつながりが――超重厚×圧巻のミステリー。

藤野千夜著
ネバーランド
同棲中の恋人がいるのに、ミサの家に居候を始めた隆文。出禁を言い渡されても隆文は態度を改めず……。普通の二人の歪な恋愛物語。

平松洋子著
筋肉と脂肪 身体の声をきく
筋肉は効く。悩みに、不調に、人生に。アスリートや栄養士、サプリや体脂肪計の開発者に取材し身体と食の関係に迫るルポ&エッセイ。

トリツカレ男《おとこ》

新潮文庫　い－76－3

平成十八年四月一日発行
令和七年十月五日二十一刷

著者　いしいしんじ
発行者　佐藤隆信
発行所　株式会社　新潮社

郵便番号　一六二―八七一一
東京都新宿区矢来町七一
電話　編集部(〇三)三二六六―五四四〇
　　　読者係(〇三)三二六六―五一一一
https://www.shinchosha.co.jp

価格はカバーに表示してあります。

乱丁・落丁本は、ご面倒ですが小社読者係宛ご送付ください。送料小社負担にてお取替えいたします。

印刷・株式会社精興社　製本・加藤製本株式会社

ISBN978-4-10-106923-4 C0193